Brasil

Ulaș Șenkal

TWENTYSIX - Der Self-Publishing-Verlag
Eine Kooperation zwischen der Verlagsgruppe Random House und BoD - Books on Demand

© 2019 Ulaş Şenkal
Alle Rechte vorbehalten

Herstellung und Verlag:
BoD - Books on Demand, Norderstedt
ISBN 9783740765156

Kapitel 1

Schwarze Wolken hingen über dem kleinen Dorf am Fluss, als Ollin erwachte. Das Geschrei der Papageien hatte etwas Unheilvolles, das bis in seine Träume hineinwirkte. Schlaftrunken blickte der kleine Junge sich um. Seine Geschwister schliefen noch. Ollin stand auf und warf einen Blick auf den Fluss. Wie ein dunkles Band wand er sich durch den Urwald, vorbei an den Hütten des Dorfes. Er sah, dass die Fischer bereits ihre Kanus in das Wasser gelassen hatten und Tabakrauch über dem Fluss aufsteigen. Für die Baniwa war der Fischfang etwas Heiliges, das ihnen von ihren Vorfahren weitergegeben wurde. Wer fischte, musste den Göttern, aber auch den Seelen der Tiere, die sich für sie opferten, danken.

Wie so oft am Morgen hatte Ollin Hunger und er freute sich schon auf das gemeinsame Frühstück im Versammlungshaus.

»Guten Morgen, mein kleiner Tapir«, begrüßte ihn seine Mutter Madarivua, die gerade mit einem Korb voll leuchtend roter und grüner Pfefferschoten aus dem Garten hinter ihrer Hütte hervorkam. So wie das Fischen Aufgabe der Männer war, so war der Anbau des Pfeffers eine Angelegenheit, die allein den Frauen vorbehalten war. Der Pfeffer hielt ihre Körper und ihre Seelen gesund und die bösen Geister fern. Ihn anzubauen, erforderte Sorgfalt und großes Wissen, was von den Frauen einer Generation an die nächste weitergegeben wurde.

In langsamen Schritten ging Ollin zum Flussufer, um sein Gesicht und seine Hände vor dem Essen zu waschen. Auch in den anderen Hütten des Dorfes erwachten die Menschen langsam zum Leben. Eine Gruppe Kinder rannte kreischend und lachend an ihm vorbei, um sich am Fluss unter lautem Gejohle mit Wasser zu bespritzen, verfolgt von den Hunden des Dorfes, die bellend um sie herumsprangen. Ollin spürte den starken Impuls, ihnen nachzulaufen und an ihrem fröhlichen Spiel teilzunehmen, doch er wusste, dass seine Mutter auf ihn wartete. Mit seinen sieben Jahren war er der älteste Sohn der Familie und das bedeutete eine gewisse Verantwortung. Mit betont langsamen Schritten folgte er dem gewundenen Pfad hinunter zum Fluss. Ein Fischotter kreuzte seinen Weg, schlängelte sich an seinen Füßen vorbei und verschwand dann im Dickicht der Urwaldausläufer zu seiner Linken. Die Pflanzen wuchsen hier so schnell, dass sie regelmäßig von den Männern des

Dorfes mit Macheten zurückgedrängt werden mussten. Ollin atmete den schweren, feuchten Geruch des Waldes ein. In den Morgenstunden roch er anders als am Mittag, wenn die Sonne hochstand und das warme Wasser in einem feinen Nebel über dem Fluss verdampfte. Die Stimmen der Männer auf den Kanus in der Mitte des Flusses hallten zu ihm herüber. Offenbar hatten sie einen guten Fang gemacht. Sie entzündeten die getrockneten Blätter der Tabakpflanze, um dem Fluss und seinen Lebewesen ihren Dank zu erweisen. Ein Moskito ließ sich auf Ollins Arm nieder, der von einer feinen Schweißschicht bedeckt war. Ollin erschlug ihn mit einem lauten Klatschen und ging weiter. Schließlich hatte er das Flussufer erreicht. Seine Füße versanken im weichen Untergrund des feuchten Sandes, das Wasser umspielte seine Knöchel. Die spielenden Kinder kreischten und lachten. Ollin bückte sich und tauchte seine Hände in die Fluten.

An einem wolkenbedeckten Tag wie diesem machte der schwarze Fluss seinem Namen alle Ehre. Es hieß, weiter im Norden, da wo der Fluss entsprang, war er weiß, dann rot und schließlich schwarz. Soweit die Baniwa sich zurückerinnern konnten, hatten sie an diesen Ufern gelebt, vom Fluss, auf dem Fluss und mit dem Fluss, denn er gab ihnen Wasser und Fisch. Hinter dem Dorf lagen die Maniok-Felder und Pfeffergärten. In einem Umkreis von wenigen Metern hatten die Baniwa so alles, was sie brauchten. Nur selten tauschten sie etwas gegen die Waren ein, die mit den wenigen Booten über den Fluss kamen.

Ollin spritzte sich das kalte Wasser in das Gesicht. Er schmeckte den Geschmack des Flusses auf den Lippen, ein schwerer und voller Geschmack, voll von tausend Geheimnissen, den er überall wiedererkennen würde. Wieder und wieder tauchte er seine Hände in den Fluss und benetzte sich Gesicht und Haare mit Wasser.

Plötzlich schrien die Kinder lauter. Ihre Schreie drangen verzerrt an seine Ohren und erst bemerkte er nicht, dass sich etwas an ihren Schreien verändert hatte. Ollin hielt inne und wischte sich das Wasser aus dem Gesicht. Die Wassertropfen in seinen Augen ließen ihn nur verschwommen sehen.

Die Kinder hatten aufgehört zu spielen, erstarrt vor Schreck standen sie dicht aneinandergedrängt im Wasser und blickten mit großen Augen auf etwas hinter Ollin.

Verwundert drehte er sich um. Auch aus dem Dorf waren jetzt laute Schreie zu hören. Rauch lag in der Luft und stieg in dicken Wolken über den Hütten auf. Es war kein gewöhnlicher Rauch von den Feuerstellen, dazu waren die Rauchwolken viel zu dicht. Er konnte die Bewohner des Dorfes aufgeregt hin- und herlaufen sehen, ohne zu erkennen, was geschehen war.

Doch dann sah er sie. Männer in Militärkleidung, mit schwarzen Schutzwesten, durchkämmten das Dorf. In ihren Händen hielten sie Maschinengewehre, mit denen sie immer wieder schossen.

Ollin drehte sich um. Die Männer auf dem Fluss schienen noch nicht bemerkt zu haben, was sich im Dorf abspielte. Er sah die verängstigten Kinder an und spürte gleichzeitig, wie ihm sein Herz bis zum Hals schlug.

»Duckt euch!«, zischte er. »Schnell!« Die Kinder reagierten nicht.

»Schnell, legt euch hin!«, sagte er, diesmal deutlich lauter. Er wies auf das hohe Ufergras. Die Schüsse kamen immer näher. Er konnte jetzt auch die Stimmen der Männer hören. Befehle hallten durch die Luft. Die Kinder im Wasser regten sich nicht. Auf einmal wurde der Kleinste von ihnen zurückgeschleudert. Er fiel in das flache Wasser, das sich um ihn herum rot verfärbte. Die anderen Kinder schrien auf und rannten auseinander.

Ollin duckte sich und lief mit flinken Schritten auf den Weg. Als er sah, dass die Männer den Weg herunterkamen, schlug er einen Haken und hetzte mitten durch die Böschung. Seine kleinen, nackten Füße flogen geräuschlos über den weichen Boden. Er näherte sich dem Dorf und der Hütte seiner Familie, die dem Flussufer am nächsten war.

Einige der Fremden hatten inzwischen das Ufer erreicht und schossen auf die Männer in den Kanus. Die Schüsse zerrissen die Luft und übertönten die Schreie aus dem Dorf. Ollin rauschte das Blut in den Ohren.

»Mama«, dachte er, und dann dachte er an Yaku und Apua. Wo steckten sie? Die Männer hatten inzwischen das Versammlungshaus umstellt, schrille Schreie der Frauen hallten durch die Luft. Nie zuvor hatte Ollin jemanden so schreien gehört. Dort musste etwas Schreckliches vorgehen. Er schloss die Augen und ließ sich auf die Knie sinken. Vorsichtig tastete er sich vorwärts, immer darauf achtend, im Schutz der Pflanzen und des Grases zu bleiben.

Die Hütte seiner Familie war leer. Zerbrochene Töpfe lagen herum, dazwischen leuchteten die Pfefferschoten, die seine Mutter an diesem Morgen gepflückt hatte. Auch die Hängematten seiner Geschwister waren leer.

Auf allen vieren kroch Ollin vorwärts. Erst sah er nur das Blut, dick und zäh floss es über den Staub der Hütte, vorbei an den Maniokblättern, auf denen das Essen zubereitet wurde, unter dem Körper seiner Mutter hervor. Sie lag auf dem Rücken, die Arme seitlich ausgestreckt und ihre Augen waren noch immer geöffnet, so als würde sie in die Wolken blicken. Ihr bunter Rock war hochgerutscht und gab die dunkle Haut ihrer Beine frei.

»Mama?«

Ollin wagte nur zu flüstern, aus Angst, dass die Eindringlinge ihn hören konnten. Seine Mutter antwortete nicht. Sie lag nur da und starrte in den Himmel, ohne zu blinzeln.

Schreie und Schüsse drangen von weit her in sein Bewusstsein, und der Rauch der brennenden Hütten reizte seine Augen.

Doch dann sah er, woher das Blut kam. Eine Kugel hatte ihren Bauch getroffen und eine schreckliche Wunde gerissen. Im Rhythmus ihres Herzschlags strömte das Blut heraus, schnell und stark.

»Mama, bitte stehe auf«, wisperte Ollin. Er berührte ihren Arm. Ihre Haut war noch warm, doch etwas in ihm wusste, dass seine Mutter nie wieder ihre Augen schließen und öffnen würde, dass sie nicht mehr aufstehen und nie mehr mit ihm sprechen würde.

Rufe kamen näher. Ollin zuckte zusammen. Das Versammlungshaus stand in Flammen, aus dem zuvor gellende Schreie zu hören waren. Die Männer strömten aus und durchkämmten die anderen Hütten. Es war nur eine Frage der Zeit, bis sie ihn hier fanden. Von seinen Brüdern fehlte jede Spur. Er konnte nur hoffen, dass seine Geschwister sich versteckt und überlebt hatten. Wo war sein Vater? Er hatte ihn nicht bei den anderen Männern auf dem Fluss gesehen. Plötzlich näherten sich schwere Schritte. Panisch kroch Ollin rückwärts zurück in den Schutz des Waldes, wo er mit großen Augen dabei zusah, wie die fremden Männer sein Dorf verwüsteten und alle umbrachten, die sie fanden. Die Todesschreie seiner Verwandten bohrten sich durch seine Ohren in sein Bewusstsein und etwas in Ollin ahnte, dass er sie niemals würde vergessen können, ganz gleich, wie alt er wurde.

»Wie kommen unsere Männer voran?« Rafael Alves lehnte auf der Brüstung der großen Terrasse seines Anwesens in Manaus und nahm einen tiefen Zug an seiner Zigarre. Er ließ sie sich aus Kuba einfliegen. Er war ein großer und beleibter Mann, dessen schwarzes Haar bereits einige Lücken auf der Kopfhaut aufwies. In seiner Jugend hatte man ihn »O lindo« genannt, den Schönen, doch von seiner Schönheit war nicht viel übriggeblieben. Doch Rafael Alves brauchte längst keine Schönheit mehr, denn er hatte etwas viel Besseres gefunden: Macht und Geld. Der Handel mit Frauen und Waffen hatte ihn reich gemacht, doch seit Brasilien sich aufmachte, den Sprung von der dritten in die erste Welt zu schaffen, verlegte auch er sich lieber auf ehrenwerte Geschäfte wie etwa den Handel mit Land. Hinter Manaus lag die Wildnis, die unendlichen grünen Weiten des Amazonas, mit seinem fruchtbaren Boden. Früher hatte man die Bevölkerung dort versklavt, um Kautschuk zu ernten, heute rodete man die Urwälder, um dort Soja anzubauen. Und genau von diesem Kuchen wollte auch Rafael Alves ein Stück abhaben.

»Bis zum Abend ist das Dorf geräumt.« Diego Correia trat durch die weit geöffneten Türen nach draußen. Von drinnen war leise Musik zu hören, unterbrochen von Frauengelächter.

»Gab es Komplikationen?«

»Soweit ich weiß, nicht. Niemand wusste, dass wir kamen. Die Indios wurden überrascht.«

Alves nickte und schwieg. Sein Blick schweifte über die Dächer der Millionenstadt Manaus, von deren Lärm und Dreck man hier nur sehr wenig mitbekam. Friedlich wirkte die Stadt mit ihren unzähligen Lichtern auf die Entfernung sogar.

»Das verdammte Pack. Sie hätten das Geld nehmen und einfach wegziehen können, das Land ist doch groß genug. Aber ihr Anführer hat lieber ständig von seinen Ahnen geredet.«

Correia spuckte aus.

»Diese Idioten. Sie wollten es ja nicht anders.«

Alves streifte die Asche seiner Zigarre am Geländer ab und griff nach seinem Whiskey-Glas.

»Wann können wir mit der Rodung beginnen?«

»Vermutlich schon morgen, wenn das Feuer gelöscht ist.«

Alves kniff die Augen zusammen. In Gedanken ging er noch einmal durch, was ihn der Einsatz der Männer bis morgen kosten würde, zusätzlich zu den Bestechungsgeldern an die lokalen Politiker, die Zeitungen und das Militär, damit sie alle über das, was gerade tausend Kilometer weiter nordwestlich in den Tiefen des Amazonas geschah, Stillschweigen bewahren würden. Keine Spur dürfte zu ihm, Rafael Alves, zurückführen, immerhin kandidierte sein Bruder Carlos Alves für einen der wenigen Senatorensitze im Bundesstaat Amazonas, da durfte keine Spur zu seiner Familie führen.

Normalerweise scherte sich niemand darum, was die Indios im Dschungel trieben und wer sie umbrachte, doch seit einigen Jahren gab es die Menschenrechtsorganisationen, die darüber berichteten, wenn es wieder zu einem Massaker kam und das konnte sich auf die politische Karriere seines Bruders negativ auswirken. Die Zeiten hatten sich geändert.

Als das Militär noch an der Macht gewesen war, hatten sich die Dinge viel leichter klären lassen. Mit Geld war beinahe jedes Problem zu lösen, doch seit es freie Wahlen gab, zählte die öffentliche Meinung etwas.

Im Westen der Stadt ging die Sonne unter, ein großer glühender Feuerball, der die Dächer in jenem besonderen Goldton zum Glühen brachte. Auf der anderen Seite des Himmels ging bereits der Mond auf, voll und hell. Alves betrachtete das Schauspiel und spürte, wie sich in seinem Inneren jene Ruhe ausbreitete, die er immer fühlte, wenn einer seiner Pläne aufging. In wenigen Tagen würde er einer der reichsten Großgrundbesitzer nördlich von Manaus sein und kein Indio-Volk würde ihm mehr auf der Nase herumtanzen.

Das Massaker dauerte bis zum Abend. Dann erst wurde es still im Dorf. Ollin konnte hören, wie die Männer auf ihre Jeeps sprangen und mit aufheulenden Motoren davonjagten. Die Dunkelheit brach herein und er konnte hören, wie die Jäger im Dschungel hinter ihm zum Leben erwachten und doch wagte er es nicht, zurück in das

Dorf zu gehen. Fest hielt er seine Knie umklammert, die Augen geschlossen und erzählte sich selbst Geschichten, jene Geschichten, die ihm sein Großvater oft vor dem Einschlafen erzählt hatte. Jaguare kamen in ihnen vor, jene Könige des Urwalds, aber auch andere Tiere wie Papageien und Kaimane. Die Baniwa glaubten daran, dass jedes Tier eine Seele besaß, mit der man sprechen konnte. Manche Menschen hatten die Gabe, die Worte der Tiere laut und klar hören zu können, andere wiederum nur sehr leise.

Zu allen Zeiten aber hatten die Baniwa mit den Bewohnern des Waldes gesprochen, sie um Rat und Hilfe gebeten und von ihnen gelernt. Besonders die Vögel beschützten die Baniwa.

Doch heute hatten sie versagt. Scheinbar wussten sie das, denn sie schwiegen. Kein Laut war aus den Baumkronen zu hören. Ollin spürte, wie noch immer Tränen über seine Wangen liefen. Er konnte nicht aufhören zu weinen. Längst hatte er kein Gefühl mehr in seinen Knien.

Es war der Hunger, der ihn schließlich dazu antrieb, aufzustehen. Im Zickzack lief er durch das zerstörte Dorf, das bis zum Morgen noch sein Zuhause gewesen war, doch alles, was er fand, war nur Tod und Vernichtung. Die Männer hatten ganze Arbeit geleistet. Keine Hütte war verschont geblieben. Viele waren niedergebrannt, in einigen loderten sogar noch Feuer. Zwischen ihnen lagen sie, erschlagen und erschossen, die Bewohner des Dorfes, Männer, Frauen und Kinder. Keiner war entkommen.

Verzweifelt lief Ollin umher und rief die Namen der Menschen, die er kannte, doch niemand antwortete ihm. Als er schließlich vor den Ruinen des Versammlungshauses stand, begriff Ollin, dass er nun allein auf der Welt war. Alle, die er gekannt hatte, waren tot, ermordet an nur einem Morgen von fremden Männern auf Jeeps.

Hierher kamen nicht oft Fremde und wenn, dann kamen sie mit dem Boot. Was hatten die Männer gewollt?

»Eine Zeit der Veränderung steht uns bevor«, hatte sein Großvater ihm immer wieder gesagt.

»Großvater, wo bist du?«, flüsterte Ollin. In den umgeworfenen Schalen war noch der Maniokbrei zu erkennen, den die Frauen für das Frühstück vorbereitet hatten, doch nun gab es niemanden mehr, der ihn essen würde.

Ein plötzliches Geräusch ließ Ollin zusammenfahren. Waren das die Männer? Kamen sie etwa zurück? Dieser Gedanke flößte ihm große Furcht ein. Er wusste nicht, warum die Männer gekommen waren, doch es war gut möglich, dass sie wiederkamen. Er musste das Dorf verlassen. Vorsichtig kroch er unter das eingestürzte Dach des Versammlungshauses und suchte nach etwas Essbarem. Er fand etwas rohen Maniok und Pfeffer. Beides steckte er ein. Dann kehrte er zu seiner Mutter zurück.

Ihre Augen standen noch immer weit offen, doch selbst im sehr schwachen Widerschein des Feuers konnte Ollin erkennen, dass sie inzwischen glasig waren. Die Seele seiner Mutter hatte ihren Körper verlassen. Er ging neben ihr in die Hocke und dann begann er zu weinen. Er weinte und weinte, bis keine Träne mehr kam. Er dachte daran, wie ihn seine Mutter, als er noch kleiner gewesen war, mit sanftem Schaukeln in den Schlaf gewiegt hatte, er erinnerte sich an ihr Lachen und wie sie in die Hände klatschte, wenn sie sich über etwas sehr freute.

Er überlegte kurz, ob er nach seinen Geschwistern suchen sollte, doch etwas in ihm sagte ihm, dass auch sie nicht länger am Leben waren. Am Horizont verfärbte sich der Himmel bereits wieder grau, der neue Tag brach an. Ollin hatte keine Ahnung, wohin er gehen sollte. Das nächste Dorf war mehrere Tagesmärsche entfernt und er wusste nicht, wie er dorthin kam. Aber hier, an diesem Ort, konnte er nicht mehr bleiben. Vielleicht hatte sein Vater mit einigen der anderen Männer auf dem Fluss überlebt und würde nach ihm suchen. Ollin beschloss, ihm eine Nachricht zu hinterlassen. Er nahm einen Stock und ritzte einen großen Kreis in die Erde, in dessen Mitte er eine Pfefferschote legte. Sein Vater würde wissen, was das zu bedeuten hatte.

Dann verließ der Junge, der letzte Überlebende seines Dorfes, den Ort, an dem er sein ganzes Leben lang gelebt hatte, um in der Morgendämmerung in den Urwald zu gehen.

In der Nacht roch der Urwald anders als am Tag. Viele Pflanzen, wie die »Königin der Nacht« mit ihren riesigen rosa Blüten, öffneten diese nur in der Dunkelheit, um nachtaktive Tiere wie Fledermäuse oder auch Insekten anzulocken. Jetzt, im Morgengrauen, schlossen sie sich langsam wieder. Der Humus unter seinen bloßen Füßen federte leicht, als Ollin sich auf den verschlungenen Pfaden, die nur die Bewohner des Dorfes kannten, durch den Regenwald bewegte. Er hatte vor, eine große Schleife zu ziehen, um später wieder zum Fluss vorzustoßen und dann flussabwärts zu marschieren, in der Hoffnung, eine andere Siedlung zu finden. Er wusste, dass es sie gab, denn die Männer seines Volkes trieben Handel mit ihnen, sie tauschten unter anderem Töpfe, Messer und Macheten gegen seltene Fische und andere Dinge. Er konnte nur hoffen, dabei nicht in die Hände der Bösen zu fallen. Die Bilder der vergangenen Nacht blitzten immer wieder in seinem Bewusstsein auf und ließen seine Kehle austrocknen und sein Herz schneller schlagen. Er versuchte, die Panik zu bekämpfen, doch es gelang ihm nur schwer.

Sie alle waren tot. Seine Familie, seine Geschwister, alle Bewohner seines Dorfes, umgebracht in einer einzigen Nacht des Blutrausches. Woher waren die Männer gekommen und was hatten sie gewollt? Er war sich nicht sicher, wohin sie gegangen waren, doch hier, im Schutz des Dschungels, war er ihnen überlegen. Er kannte sich hier sehr gut aus, kannte jedes Tier und jede Pflanze beim Namen und wusste, wovor er sich in Acht nehmen musste.

Hoch ragten die Kapokbäume mit ihren mächtigen Stämmen über ihm auf, sie waren so hoch wie fünfzig Männer und uralt. Aus ihren Samen ließ sich ein Tee bereiten, der Wunden und Krankheiten heilte, und unter ihnen fand man immer Schatten. Die Schlingen der gelben Passionsfrucht wanden sich um ihn und ihre köstlichen, süßen Früchte verströmten einen angenehmen Duft. Ollin pflückte zwei von ihnen, die eine aß er sofort. Ihr wohlschmeckender Saft troff ihm von den Fingern, während er ihr weiches Fruchtfleisch verzehrte und die Samen ausspuckte.

Es würde ein heißer Tag werden. Die Wolken des vergangenen Tages hatten sich verzogen, eine schwüle, feuchte Hitze breitete sich unter dem ewigen Blätterdach des Dschungels aus.

Ollin ging in schnellen, aber vorsichtigen Schritten, denn überall konnte eine Giftschlange oder eine Spinne darauf warten, ihn zu beißen. Die festen Schritte vertrieben sie normalerweise, doch er wusste, dass er sich in Acht nehmen musste. Ein falscher Schritt konnte genügen und er verletzte sich oder zog sich einen Biss zu, an dem er innerhalb weniger Stunden einen grausamen Tod sterben konnte.

Er bewegte sich immer tiefer in den Wald hinein, unter die dichten Blätter der Tucuma-Palmen, vorbei an den blauen Blüten des Parápará-Baumes und versuchte, die furchtbaren Bilder des vergangenen Tages zu verdrängen. Es war ihm, als könnte er das Blut noch immer riechen, das die Männer vergossen hatten. Wenn er daran dachte, rauschte ihm das Blut in den Ohren und sein Herz pochte so heftig in seiner Brust, dass er glaubte, es zerspringe.

Am Mittag rastete er kurz unter einem Cashew-Baum, wo er sich an den Samen aus den roten Früchten des Baumes satt aß. Als am Nachmittag Wolken aufzogen und der Regen mit aller Macht auf den Urwald niederging, suchte er Schutz unter einem Jurubeba-Baum. Er erinnerte sich daran, wie seine Mutter ihm einst von der Heilkraft der Wurzeln dieses Baumes erzählt hatte. Als er Durst bekam, griff er nach einer Liane und brach sie an zwei Stellen auseinander, so dass ihr würziger Saft in seinen Mund schoss und ihn mit Flüssigkeit versorgte.

Im Urwald kam die Dunkelheit schnell, und so war er gezwungen, sich frühzeitig Gedanken darüber zu machen, wo er schlafen sollte. Auf dem Boden wäre er leichte Beute für die Insekten und die großen Raubkatzen, in der Nähe des Flusses würden ihn die Kaimane verspeisen. Außerdem war es zu feucht, um ein Feuer zu entzünden, auch wenn ihn der Ruß am besten vor den Mücken schützen würde.

Er entschied sich dazu, auf einen Kapokbaum zu klettern und sich dort mit einigen Lianen festzubinden, so dass er im Schlaf nicht nach unten stürzte. Etwas unterhalb rankten Pfeifenwinden an dem Baum. Ihre seltsam geformten Blüten stanken nach verfaulendem Fleisch, um Insekten anzulocken. Auch diese Pflanze besaß mächtige Heilkräfte, man nannte sie auch die »Liane der 1000 Männer«. Sie heilte Schlangenbisse, vertrieb Wurmbefall und half bei Fieber.

Doch immer wieder schob sich das Gesicht seiner Mutter in seine Gedanken, und als er sich endlich zum Schlafen zusammenrollte, notdürftig gesichert durch die Lianen, da kamen auch die Tränen. Er weinte, bis es in seinem Inneren keine Tränen mehr gab und er endlich einschlief.

Als Ollin erwachte, war es merkwürdig still um ihn. Es war, als hielte der Dschungel den Atem an. Kein Blatt bewegte sich, sogar die Brüllaffen und Papageien schwiegen. Ein seltsames, silbernes Licht erfüllte den Urwald. Verwundert blickte sich Ollin um. Träumte er noch immer?

»Er wird kommen, um dich zu holen«, sagte eine Stimme. Ollin sah sich um. Neben ihm auf dem breiten Ast saß ein Wesen, etwa so groß wie er, mit heller Haut und rotem Haar und einem Gewand aus Blättern. Es hatte den Kopf auf die Arme gestützt und die Knie angezogen und sah sehr traurig aus. Das Bemerkenswerteste an ihm aber waren seine Füße. Sie zeigten nach hinten. Ollin betrachtete ihn neugierig.

»Ich kenne dich«, sagte er schließlich und seine Stimme klang merkwürdig dumpf, so als befände er sich in einer Höhle.

»Sie erzählen von dir. Du bist der ›Hüter des Waldes‹.«

Das Wesen legte den Kopf schief und sah ihn an. Aus seinem Blick sprach tiefe Traurigkeit.

»Ja, so nennen sie mich. Ich habe gesehen, was die Männer mit deinem Dorf getan haben.«

Ollin schluckte. Tränen brannten ihm in den Augen.

»Es sind böse Männer, getrieben von Gier und Zerstörung. Sie achten weder den Wald noch die Natur. Sie sind gekommen, um die Bäume abzuholzen und alles zu töten, was sich ihnen in den Weg stellt.«

Das Wesen streckte seine Hände aus, welche durchscheinend waren wie der Nebel über dem Fluss am Morgen.

»Früher gelang es mir, etwas gegen sie zu unternehmen. Ich zerstörte ihre Fahrzeuge, ihre Waffen, ich spielte ihnen Streiche. Doch mit jedem Baum, der fällt, sinkt auch meine Macht.«

Ollin betrachtete das Wesen.

»Was ist mit deinen Füßen?«

Das Wesen lachte kurz auf.

»Das ist, um sie zu verwirren. Wenn ich laufe, deuten meine Spuren in eine andere Richtung.« Für einen kurzen Augenblick leuchteten seine Augen auf, bevor er sofort wieder ernst wurde.

»Die Geister des Waldes sind verzweifelt, Ollin. Immer mehr von den Männern kommen.«

Er wies mit dem Kopf zum Boden. Ollin folgte seinem Blick und entdeckte einen jungen Hirsch, dessen Fell ganz weiß war. Seine Augen glühten so rot wie glühende Kohlen.

»Habe keine Angst, Ollin. Dir wird nichts geschehen, hier in diesem Wald. Der Wald ist dein Zuhause. Fürchte dich nicht vor den Gefahren hier, niemand wird dir etwas zu Leide tun. Vielleicht wirst du eines Tages zurückkehren und uns bei unserem Kampf unterstützen, doch bis dahin sei behütet und beschützt und vergiss nie, wo du herkommst. Der Dschungel, er atmet in deinen Lungen und pulsiert in deinem Blut und niemand wird dir je deine Freiheit nehmen können. Du bist ein Sohn des Waldes, du bist so frei wie die Vögel über den Baumkronen.«

Ollin wusste nicht, was diese Worte zu bedeuten hatte, doch sie zu hören, tröstete ihn. Jetzt fühlte er sich weniger allein.

»Was soll ich jetzt tun?«, fragte er, doch das Wesen war verschwunden, ebenso wie der Hirsch mit den glühenden Augen und das silberne Licht. Die Geräusche des Urwalds hatten wieder eingesetzt und erfüllten die Luft. Verwirrt schloss Ollin erneut die Augen und schlief ein, ohne noch einmal zu träumen.

Als der Morgen anbrach, kletterte Ollin von dem Baum herab und setzte seinen Weg fort. Er versuchte, sich an den Bäumen und den Spuren der Jäger zu orientieren, die sie hin und wieder in der Rinde der Bäume hinterließen, auch am Stand der Sonne, doch als am Nachmittag der Regen kam, wurde das schwierig. Er ernährte sich von den Früchten des Waldes, hin und wieder verspeiste er auch die dicken Larven der Käfer. Roh schmeckten sie nicht besonders, doch es gab kein Feuer, über dem er sie rösten konnte.

Während er allein durch den Dschungel schritt, dachte er an all die Lieder und Geschichten, die er in seinem Dorf gehört hatte und versprach sich, sie nie zu vergessen. Er war der Einzige, der sich noch an sie erinnerte, wenn er sie nicht aufbewahrte, dann wären sie für immer verloren.

Da war zum Beispiel die Erzählung über den schönen Mann, der des Nachts kam und die jungen Frauen verführte. In Wirklichkeit war er ein verzauberter Flussdelfin. Er war so schön, dass die Mädchen alle ganz von Sinnen waren, wenn sie ihn erblickten und sie folgten ihm bereitwillig in den Fluss und in sein Königreich unter dem Wasser. Es hieß, dort wartete ein großes Haus aus Muscheln und der Mann war dort König. Die verführten Mädchen aber mussten dort leben und ihm Kinder gebären und durften nie mehr an die Oberfläche, ganz gleich, wie sehr sie ihre Eltern, die Sonne und die Bäume vermissten. Nur an manchen Vollmondnächten ließ der Mann zu, dass sie nach oben tauchten und dann erfüllte ihr sehnsuchtsvoller Gesang die Luft.

»Hüte dich vor der Schönheit«, sagten die Alten im Dorf immer, wenn sie diese Geschichte erzählten, »denn sie ist dein Verderben. Es ist wie mit den Blüten im Urwald, je schöner und prächtiger sie sind, umso stärker ist ihr Gift. Vertraue lieber auf die Wurzeln, die die Bäume in der Erde halten, sie sind unscheinbar, aber nahrhaft und vor allem beständig.« Dann lachten sie verschmitzt und dachten vermutlich daran, dass auch sie einst jung und von der Schönheit besessen gewesen waren.

Eine andere Sage erzählte vom ersten Krieger, der während eines Unwetters von den Wolken hinabstieg und in den Dschungel kam. Was ihn sah, erfüllte ihn mit Furcht. Er kämpfte mit dem Jaguar und der großen Schlange, er besiegte sie alle mit seinen bloßen Händen. Er verjagte die Spinnen und die Fledermäuse und dann nahm er einen Ast und ritzte ein Zeichen in den Boden.

»Hier soll mein Volk leben und es soll seinen Platz haben unter allen Geschöpfen des Urwalds.«

Doch der erste Krieger war auch nur ein Mensch und Menschen machten Fehler. So verriet er seine Mutter, die Mutter des Waldes, als die Flussschlange ihm großen Reichtum versprach. Als der Krieger seine Belohnung entgegennahm, zerfiel das Gold zu Asche. In anderen Erzählungen wurde von der Ankunft der Weißen erzählt, wie sie in ihren Booten auf dem Fluss auftauchten, mit all den Haaren im Gesicht und ihrer seltsamen weißen Haut. Zuerst hatte man sie für Geister gehalten, bis man erkannte, dass viele von ihnen sehr krank waren. Ollins Vorfahren hatten sie gepflegt und ihnen Nahrung gegeben, nicht wissend, dass ihre Nachkommen einst zu ihren Mördern werden würden.

Ollin suchte sich einen abgebrochenen Ast, auf den er sich bei seiner Wanderung stützen konnte und mit dem er das Gebüsch beiseite schob, wenn es über seinen Weg wucherte, und dann ging er weiter, immer weiter.

Nachdem er drei Tage in den Dschungel hineingelaufen war, entschied er am Morgen des vierten Tages, dass er nun weit genug entfernt von den bösen Männern war und es wagen konnte, sich wieder dem Fluss anzunähern, wo er auf Menschen stoßen würde, vielleicht sogar Angehörige seines Volkes. Er hatte keine Ahnung, wie weit er bereits gegangen war und was vor ihm lag, doch er wusste, dass er auf Dauer allein im Urwald nicht überleben konnte.

»Weißt du, was es heißt, ein Mann zu sein?«

Das Gesicht seines Vaters trat ihm vor Augen. Sein Vater war ein erfahrener Jäger und ein mutiger Krieger, über den sogar Lieder gesungen wurden.

»Ein Mann zu sein, heißt, die eigenen Ängste zu überwinden und der Gefahr in das Auge zu sehen. Was tust du, wenn du einem Jaguar begegnest, dem König des Dschungels? Du siehst ihm fest in die Augen, du lässt ihn tief in deine Seele blicken, damit er erkennt, dass du ebenso ein Raubtier bist wie er und dass du ihm überlegen bist. Dass dein Pfeil sein Herz treffen wird und du ihm das Fell abziehen wirst. Der Jaguar ist klug, er wird erkennen, dass du stärker bist. Entweder wird er sich von dir abwenden oder sich dir anbieten, als Gabe für einen größeren Jäger als er selbst ist. Doch wenn du versagst, wenn du auch nur den leisesten Zweifel in dir trägst, wenn du zulässt, dass die Angst dir die Sinne verwirrt, dann wird der Jaguar das erkennen und er wird keine Sekunde zögern, dich zu zerfleischen. Niemand wird um dich weinen, denn alle werden wissen, dass du kein Mann warst, sondern nur ein Opfer, wie es unzählige gibt im Dschungel.«

Ollin presste die Lippen aufeinander. Schon wollten sich die Tränen wieder in seine Augen drängen, doch er ließ es nicht zu. Es war an der Zeit, ein Mann zu werden. Er war kein Kind mehr. In Jahren gedacht, war er es vielleicht, doch das Leben hatte etwas anderes für ihn vorgesehen.

Während er auf den schmalen Pfaden durch den Urwald lief und sich immer wieder den Weg mit seinem Stock freikämpfen musste, sah er hin und wieder nach oben. Die Sonne blinzelte durch das Blätterdach, hell und hoffnungsvoll.

Die Worte seines Großvaters kamen ihm in den Sinn. Sein Großvater war ein Weiser seines Volkes gewesen, einer jener Männer, die alle Geschichten und alle Lieder kannten und sich an die Namen all derer erinnerte, die vor ihnen dagewesen waren. Er war schon lange tot, eingegangen in das Reich derer, die auf der anderen Seite warteten, doch Ollin erinnerte sich an seinen Geruch, wenn er neben ihm saß und ihm zuhörte. Ein ganz eigener Geruch war das gewesen, nach Kräutern und Tabak, aber auch nach Alter.

»Nichts hat Bestand«, hatte sein Großvater oft gesagt.

»Du kannst so oft zum Fluss hinab gehen, wie du möchtest, du wirst nie den gleichen Fluss antreffen, denn immer fließt anderes Wasser in ihm. Das Wasser kommt aus den Bergen, wohin es der Regen getragen hat und dann fließt zu uns, an uns vorbei bis hin zum Meer. Weißt du, was das Meer ist?«

Natürlich hatte Ollin das nicht gewusst.

»Das Meer ist das ganze Wasser, unendlich groß, so groß, dass niemand es je erfassen kann.«

»Hast du das Meer je gesehen?«

»Nein, mein Junge, keiner aus unserem Stamm hat es, doch wir wissen, dass es da ist.«

»Weil man uns davon erzählt hat?«

»Nein, weil wir das Wasser sehen, das dort hinfließt und weil wir wissen, dass all das Wasser eines Tages in ein viel größeres Wasser eingeht. Und was für das Wasser gilt, das gilt auch für uns Menschen. Unser Leben ist wie ein Fluss, ständig in Bewegung. Sich an etwas festzuklammern ist sinnlos, denn die Strömung des Lebens trägt dich immer mit sich fort. Sie spült dich an rauen Stromschnellen vorbei, schleudert dich herum, trägt dich an ferne unbekannte Orte, und am Ende gehst du ein in das große Ganze, den Ort, wo es keine Körper mehr gibt, sondern nur noch unsere Seelen und wir alle eins sind.«

Ollin erinnerte sich daran, wie eines Tages sein Großvater mit zusammengekniffenen Augen hinunter zum Fluss blickte, auf dem er als Fischer sein halbes Leben verbracht hatte. Seine Augen waren damals schon nicht mehr die besten, eine milchige Trübung hatte ihr ehemals glänzendes Schwarz überlagert und oft wusste er erst, wenn er ihre Stimmen hörte, welches seiner vielen Enkelkinder nun vor ihm saß.

»Du darfst keine Angst vor dem Fluss haben, nicht vor diesem und nicht vor dem des Lebens. Als ich geboren wurde, vor vielen, vielen Jahren, da lebten wir hier noch, wie wir es seit Generationen getan haben. Wir lebten so, wie es uns unsere Ahnen vorgemacht hatten, in Einklang mit dem Wald und dem Fluss. Um uns gab es alles, was wir brauchten und selten kam hier jemand vorbei. Die Kriege mit den anderen Stämmen hatten lange schon ihr Ende gefunden und es herrschte Frieden. Doch dann kamen sie, die Männer mit den Motorbooten, mit den Haaren im Gesicht und ihren seltsamen, blauen Augen. Ich weiß noch, als ich das erste Mal in die Augen eines Weißen blickte, war ich mir sicher, den Teufel zu sehen. Vor ihnen waren Missionare hier gewesen, mein Vater hat mir von ihnen erzählt. Sie wollten, dass wir an ihren Gott glaubten, einen Gott am Kreuz, doch wir sagten ihnen, wir hätten unsere eigenen Götter und mit denen ginge es uns gut. Sie sagten, wir seien dumm, doch wir fanden, dass sie dumm waren, zu denken, wir bräuchten ihre Götter. Ich habe sie angesehen, damals noch als Junge, gerade einmal so alt wie du, und etwas an ihnen sagte mir, dass sie keinen Frieden kennen. Da brennt eine Gier tief in ihrem Inneren, die durch nichts befriedigt werden kann. Sie wollen alles, so wie das trockene Wesen, und finden doch nie genug.«

»Das trockene Wesen?«

»Ja, es ist ein schreckliches Geschöpf. Früher war es einmal ein Mensch, doch es war so böse, dass selbst das Wasser aus seinem Körper floh und als es starb, verrottete es nicht. Als Dämon wandert es seither über die Welt und sät Unheil, wo es nur kann. Es saugt alles in sich auf und hinterlässt nur Zerstörung. Wo es hinkommt, da ist nur noch verbrannter Boden. Kein Baum wächst mehr, keine Kinder lachen, selbst die Hoffnung verschwindet. Die Weißen sind diesem Wesen sehr ähnlich. Wenn ich es recht bedenke, dann sollten sie lieber das trockene Wesen zu ihrem Gott und Ahnen machen, denn sie sind wie es, nicht wie der tote Gott am Kreuz. Und ist es nicht ohnehin seltsam, einen toten Gott zu verehren? Welchen Sinn hat das? Ein Gott, der muss leben, der muss mit den Pfoten des Jaguars durch den Dschungel jagen und alles in sich tragen, nicht tot an einem Kreuz hängen. Er muss sprechen zu all den Wesen und Seelen, die da draußen sind und die Opfer empfangen, die wir ihm senden. Ich sage dir, hüte dich vor den Weißen und denke immer an das trockene Wesen. Ganz gleich, wie viel du den Weißen gibst, es wird nie ausreichen und sie werden zurückkommen und immer mehr verlangen, bis du selbst gar nichts mehr hast.«

»Ich werde ihnen niemals etwas geben«, hatte Ollin entschlossen gesagt und sein Großvater hatte gelächelt und ihm über den Kopf gestrichen.

»In dir schlägt das Herz eines großen Kriegers, Ollin. Du kommst aus einer Familie großer Krieger und wenn ich dich ansehe, dann sehe ich sie alle. Die Weißen mögen uns vorkommen wie Dämonen, schrecklich und gierig, doch sie sind nur Menschen und alle Menschen haben eine Schwäche, vor allem jene, die etwas nachjagen.«

»Was ist diese Schwäche?«

»Sie fürchten sich vor dem Fluss?«

»Vor diesem?«

»Ja, vor diesem auch, weil sie ihn nicht verstehen. Sie werden krank, wenn sie hierherkommen, und lassen sich dann von den Kaimanen oder von einem anderen wilden Tier fressen. Doch das meine ich nicht. Der Fluss, den sie fürchten, das ist der Fluss des Lebens. Sie wollen alles kontrollieren und beherrschen, doch das Leben lässt genau so wenig beherrschen wie der Fluss. Es nimmt seinen Weg und reißt alles fort, was sich ihm in den Weg stellt. Und auch wenn es so aussieht, als würden die Weißen diese Welt beherrschen und uns irgendwann auch unsere nehmen, in Wirklichkeit bleiben sie Kinder, die sich im Dunkeln sogar vor ihren eigenen Stimmen fürchten. Sie fürchten alles, alles was sie nicht kennen und sie misstrauen dem Leben zutiefst. Jemand, der solche Furcht im Herzen trägt, der ist leicht zu besiegen. Er wird sich vor seinem eigenen Schatten erschrecken.«

Damals hatte Ollin nicht verstanden, was sein Großvater damit meinte und auch jetzt, allein im Dschungel, begriff er es nicht ganz, doch er wusste, dass es wichtig war, sich an die Worte seines

Großvaters zu erinnern, auch wenn sie keinen Sinn ergaben. Die Weißen hatten Waffen, schreckliche Waffen, und sie töteten Frauen und Kinder, etwas, das die Krieger seines Stammes niemals tun würden. Was also sollte es auf der Welt geben, das sie fürchteten? Allein mochten sie zwar verloren sein, doch es gab so viele von ihnen, dass sich ihnen nichts in den Weg stellen konnte.

Kitam, einer der jungen Männer ihres Stammes, war einst heimlich mit den Händlern auf einem der Boote mitgefahren. Als sie ihn entdeckten, waren sie schon zu weit weg und so nahmen sie ihn mit. Was er bei seiner Rückkehr nach vielen Monaten erzählte, mochten sie kaum glauben.

»Erst waren da nur Dörfer, immer größere Dörfer, und schließlich kamen wir in eine Stadt. Ihr könnt euch nicht vorstellen, was das ist, eine Stadt. Es leben Menschen dort, so viele wie in hundert Dörfern, und sie leben in Häusern, die bis in den Himmel ragen. Hell ist es, sogar Nacht, so hell, dass man die Sterne nicht sehen kann. Überall leuchtet es, auf den Straßen und aus den Fenstern. Und laut ist es, unfassbar laut. Es gibt Autos und Mopeds und riesige Busse, sie fahren unablässig zwischen den Häusern umher. Es stinkt in den Straßen, wilde Hunde streunen herum und es gibt Orte dort, die könnt ihr euch nicht vorstellen. Es sind die Orte, an denen sich die Frauen, auch Frauen aus unserem Volk, verkaufen, an die Männer. Sie nehmen Geld dafür, dass sie bei ihnen liegen, viele, viele Männer jede Nacht. Es gibt Kinder dort, die ihre Eltern nicht kennen, die nicht wissen, wo sie herkommen und sie leben in den Straßen und betteln um etwas zu essen, doch niemand kümmert sich um sie. Die Männer trinken am Tage und in der Nacht und sie lärmen und manche berauschen sich noch an anderen Dingen. Ich habe in ihre Augen gesehen und es waren die Augen von Toten. Ihre Seelen hatten sie verlassen, es waren nur noch ihre Körper, die durch die Straßen wanderten. So viel Leid habe ich gesehen, so viel Unglück. Ja, einige der Häuser waren schön, doch sie waren von hohen Mauern umgeben und wurden bewacht und keines von ihnen gehörte einem Indio. Die Indios, sie schuften auf den Baustellen und leben im Dreck. Sie sind weit weg vom Urwald und vom Fluss und von ihrem Zuhause, und sie alle waren unglücklich. Es fiel mir nicht schwer, meine Füße wieder zurückzulenken, hierher. Es war eine beschwerliche Reise, doch ich will nie mehr zurück, in diese Stadt aus Lichtern, in der man unsere Sprache nicht spricht.«

Seine Augen hatten geflackert, während er davon erzählte und Ollin hatte gesehen, wie sehr er sich noch immer fürchtete. Würde er auch zu einer dieser Städte kommen, wenn er immer dem Fluss folgte? Er wusste es nicht. Es hatte ihn nie interessiert, was jenseits des Dorfes lag, das hier war seine Welt. Nun musste er fort und er wusste, er würde nicht mehr zurückkehren. Es gab nichts, zu dem er zurückkehren konnte. Alle, die er gekannt hatte, waren tot. Es gab niemanden mehr, der von ihm auch nur wusste.

In diesem Moment schoss ihm durch den Kopf, ob die bösen Männer vielleicht nach ihm suchen würden, wenn er erzählte, woher er kam, und er entschied, es niemandem zu sagen.

Am fünften Tag seiner langen und einsamen Wanderung stieß Ollin wieder auf den Fluss, der ihn grüßte wie ein alter Verwandter. Dicht am Ufer schlug er sich durch das Dickicht und duckte sich, wenn eines der Boote vorbeikam, da er nicht wissen konnte, ob es zu den bösen Männern gehörte.

Am siebten Tag sah er in der Ferne Rauch aufsteigen. Er folgte dem Rauch und sah bald ein Dorf. Es war anders als sein Dorf. Die Häuser waren hier aus Stein und Lehm und viel zahlreicher. Aus einem sicheren Versteck heraus beobachtete er das Dorf, sah, wie die Frauen zum Fluss gingen und die Kinder im Wasser spielten, so wie sie es Zuhause getan hatten, und doch war es anders. Sie trugen andere Kleidung, solche, wie sie auch die Weißen mitbrachten und wenn sie sprachen, verstand er sie nicht. Er überlegte lange, ob er sich ihnen zeigen sollte. Konnte er ihnen vertrauen? Was würden sie mit ihm machen?

Es war der Hunger, der ihn schließlich in das Dorf trieb. Als eine der Hütten einen Moment lang unbeobachtet war, schlich er sich hinein und fand ein Stück Brot. Er griff danach und wollte gerade wieder verschwinden, als die Frau zurückkam. Sie stand im Türrahmen und versperrte ihm den Fluchtweg. Ollin spürte sofort Panik in sich aufsteigen.

Sie sah ihn an und er las in ihren Augen, dass sie nicht wütend auf ihn war, obwohl er versucht hatte sie zu bestehlen. Sie ging an ihm vorbei zur Feuerstelle, über der ein Topf hing. Sie öffnete den Topf, schöpfte etwas daraus in eine Schale und stellte sie anschließend auf den Tisch.

Ollin war wie erstarrt. Er war unentschlossen und wusste nicht, ob die Schale für ihn bestimmt war oder nicht. Das Essen in dem Topf roch verführerisch und sein Magen knurrte heftig. Seit Tagen hatte er sich nur von Früchten und Nüssen ernährt.

Doch dann lächelte die Frau ihn an. Viele kleine Falten zerfurchten ihr Gesicht. Sie war nicht mehr jung, aber auch nicht alt. Sie hatte dichtes, dunkles Haar und dunkle Haut. Sie war eine Indio-Frau, so wie er, nur gehörte sie einem anderen Stamm an oder hatte diesem angehört. Wer zu lange bei den Weißen lebte, vergaß manchmal, zu welchem Stamm er gehörte oder wusste es nicht mehr, weil seine Vorfahren von den Weißen geraubt und zur Arbeit gezwungen worden waren. Davon hatte ihm sein Großvater erzählt. Die Hände der Frau waren stark und rau, sie musste harte Arbeit gewohnt sein, wie die Frauen in seinem Volk. Sie trug ein langes, buntes Kleid, das hochgeschlossen war, anders als die Frauen der Baniwa, die ihren Oberkörper nackt ließen. So war die Hitze besser erträglich und die Kinder fanden die Brüste ihrer Mütter schneller, wenn sie Hunger hatten. Niemand störte sich daran, doch jener junge Mann, der die Stadt gesehen hatte, hatte ihnen erzählt, dass dort alle Frauen ihre Brüste bedeckten, weil man es für schlecht hielt sie zu sehen.

»Sie denken, es verwirrt die Sinne der Männer«, hatte er gesagt und alle lachten, weil sie so etwas Albernes noch nie gehört hatten. Die Erinnerung an jene Menschen, die nun alle tot waren, hingeschlachtet von den bösen Männern, ließ Ollin erneut die Tränen in die Augen steigen. Er war zu erschöpft, sie zu bekämpfen, er blinzelte rasch und wischte sie fort, doch er wusste, dass die Frau sie gesehen hatte. Das Lächeln der Frau verschwand, und sie sah ihn ernst und traurig an, als wüsste sie von dem Kummer, den er im Herzen trug.

Schließlich ging sie nach draußen und Ollin atmete auf. Noch immer konnte er sich nicht entscheiden, ob er weglaufen oder etwas aus der Schale essen sollte. Doch der Hunger siegte.

Vorsichtig spähte er in die Schale, und ohne dass er es wollte, setzte er sich hin. Er nahm sie in beide Hände und stürzte sie hinunter, obwohl der Eintopf so heiß war, dass er ihm den Mund und die Kehle verbrannte. Schmatzend und schlürfend kratzte er auch den letzten Rest Gemüse von den Rändern und leckte sie schließlich aus. Als er sie absetzte, sah er, dass die Frau zurückgekehrt war. Sie musste ihn schon eine Weile beobachtet haben, denn sie lächelte. Dann stellte sie eine weitere Schale auf den Tisch. Eine weiße Flüssigkeit schwamm darin, doch ohne lange nachzudenken, stürzte Ollin auch dieses Mal den Inhalt der Schale hinunter. Er schmeckte fettig und nach Tier, doch das war ihm egal. Als er damit fertig war, sagte sie etwas in ihrer Sprache, das Ollin nicht verstand, er sah sie nur stumm an. Irgendwann zeigte sie auf sich und wiederholte immer wieder: »Mirtha. Mirtha.«

Nach einer Weile begriff Ollin und er wiederholte ihre Geste, indem er auf sich zeigte und langsam und deutlich sagte: »Ollin.« Sie lächelte.

Jetzt, wo der erste Hunger gestillt war, sah sich Ollin vorsichtig in der Hütte um. Sie war klein und dunkel, und hatte kein einziges Fenster, nur eine Feuerstelle, einen Tisch mit ein paar halb kaputten Stühlen und hinter einem Vorhang eine Schlafstelle. Da es nur eine war, nahm er an, dass Mirtha keine Kinder hatte oder nur welche, die bereits erwachsen waren.

Über dem Eingang hing ein Kreuz, an dem eine Figur hing. Ollin stand auf und ging zu dem Kreuz. Er legte den Kopf in den Nacken und starrte es an. Die Worte seines Großvaters gingen ihm durch den Kopf, der ihn vor dem toten Gott der Weißen gewarnt hatte.

Mirtha stand ebenfalls auf. Sie streckte sich und nahm das Kreuz ganz vorsichtig ab, als handele es sich um etwas Kostbares. Sie hielt es Ollin hin und er nahm es vorsichtig in die Hände. Das Kreuz war ziemlich schwer, viel schwerer als er gedacht hatte. Das Holz des Kreuzes war massiv, die Figur selbst war aus einem schweren Metall gemacht. Der tote Gott sah sehr traurig aus. Sein Kopf hing zur Seite und Nägel hatten seine Hände und Beine durchbohrt. Ollin dachte, es sei kein Wunder, dass die Weißen so schlechte Menschen waren, wenn sie sogar mit ihrem Gott so umgingen. Er hob den Kopf und sah Mirtha an. In ihren Augen las er, dass ihr dieses Kreuz sehr viel bedeutete, also lächelte er und reichte es ihr wieder. Behutsam hing sie es zurück. Sie sagte einige Dinge, die sie gestenreich mit ihren Händen unterstrich, doch Ollin verstand kein Wort. Er achtete auf ihre Augen und was er in ihnen sah, sagte ihm, dass er keine Angst mehr haben brauchte. Über der Tür mochte zwar der traurige und tote Gott der Weißen hängen, doch er erkannte rasch, dass Mirthas Herz nicht so dunkel und eng wie das der Weißen war.

Kapitel 2

Alles war anders hier in dem Dorf. Ollin erschien es, als habe er eine fremde Welt betreten. Wo ihm zu Hause alles vertraut gewesen war, blieb es ihm hier fremd. Da waren die vielen Regeln, die es zu beachten galt, etwa, dass man für seine Notdurft jenen widerlichen Verschlag aufsuchte und sich auf ein Brett mit einem Loch setzte. Es stank abscheulich dort und es wollte ihm nicht in den Kopf, warum die Menschen dazu nicht einfach in den Wald gingen, so wie man es in seinem Dorf getan hatte.

Auch lief man nicht nackt herum, selbst wenn man vom Baden im Fluss kam. Immerzu musste man sich bedecken und den Mädchen keine Blicke zuwerfen, wenn sie über die Straße gingen, die ihrerseits züchtig die Augen zum Boden richteten.

In allem lag eine Strenge, die für Ollin manchmal kaum zu ertragen war. Das Leben, so sagte alles, war schwer und sollte schwer sein, kein Moment der Leichtigkeit war erlaubt. Am Morgen gingen die Frauen, auch Mirtha, hinaus auf die Felder, die sie dem Urwald abrangen, um Bohnen, Mais und Maniok anzubauen, während die Männer im Dorf saßen, rauchten, spielten und tranken. Ab und zu fuhr einer von ihnen auf den Fluss hinaus, doch Fische fingen sie nur selten, lieber saßen sie herum und stritten. Zu essen gab es selten genug und wenn, dann waren es kümmerliche Speisen. Die Not sprach aus allem, aus Mirthas abgetragener Kleidung und der ärmlichen Hütte, aus dem Hunger und aus den zerschlissenen Laken, mit denen sie sich in der Nacht bedeckten, während die Moskitos um sie herumschwirrten. Mirtha betete oft, auf den Knien, die Augen geschlossen, das Gesicht vor dem toten Gott am Kreuz gesenkt, murmelte sie Worte, die Ollin nicht verstand. Sie hatten etwas Bittendes, Flehendes an sich. Wollte der Gott am Kreuz denn nicht gefeiert werden, mit wilden Tänzen, Feuer und Musik, mit Opfergaben und Schmuck, so wie die Götter seines Volkes? Offenbar war er ein Gott der Trauer.

Vitor, Mirthas Ehemann, hatte kein großes Aufheben darum gemacht, als er in die Hütte zurückkehrte und dort Ollin vorfand. Er hatte sein zahnloses Lächeln gelächelt und mit den Schultern gezuckt, so als sei es eben Schicksal, dass der Junge aus dem Wald bei ihnen auftauchte und nicht mehr fortging. Ein Kind, von dem niemand wusste, woher es kam und zu wem es gehörte, so erzählte man sich im Dorf. Mirtha und Vitor gaben Ollin zu essen und zu trinken und ein Lager, auf dem er schlafen konnte. Schon am Morgen nach seiner Ankunft hielt Vitor ihm ein Beil hin und deutete mit dem Kopf nach draußen. Er zeigte dem Jungen, was er von ihm erwartete. Vor der Hütte hatte er begonnen, Holz zu hacken, eine undankbare, schwere Arbeit, und nachdem er die ersten Scheite gespalten hatte, hielt er Ollin das Beil hin und nickte, Ollin verstand sofort.

Nun stand er jeden Morgen auf, hackte Holz für das Feuer und holte Wasser vom Fluss, das Mirtha lange abkochte, bevor sie daraus den geschmacklosen Maisbrei zubereitete, der nahezu jede ihrer Mahlzeiten ausmachte. Hin und wieder half ihr Ollin beim Fegen der Hütte oder beim Auswringen der Wäsche, die im dreckigen Wasser des Flusses niemals wirklich sauber wurde. Mit Vitor zu den anderen Männern ging er nicht, er wusste, dass sie ihn nicht mochten. Wenn er an ihnen vorbeiging, bekreuzigten sie sich rasch und wechselten die Straßenseite. Er verstand zwar nicht, was sie sagten, doch er begriff sehr wohl, dass sie ihn nicht mochten, ja, ihn sogar fürchteten, so als trüge er etwas Böses, Bedrohliches in sich. Er konnte es ihnen nicht verdenken.

Von den anderen Kindern hielt er sich ebenfalls fern, auch wenn er wusste und sofort spürte, dass sie ihn beobachteten, wenn er zum Fluss ging, um Wasser zu holen. Er hörte ihr Lachen, das Trommeln ihrer nackten Füße auf dem Waldboden, ihr Kichern und die Worte, die sie ihm nachriefen, er verstand sie zwar nicht, wohl aber, dass sie nicht freundlich waren.

Es machte ihm nichts aus, bei Mirtha in der Hütte zu bleiben, ihr zuzuhören, wenn sie ihm in ihrer seltsamen Sprache etwas erzählte, dabei lachte, in die Hände klatschte und manchmal auch weinte und sie schien es nicht zu kümmern, dass er nicht verstand, was sie sagte. Erst nach und nach erlernte er die ersten Worte in der fremden Sprache, die so ganz anders war als die Sprache seines Volkes. Ob ein Ding eine Seele hatte oder nicht, spielte keine Rolle, dafür aber, ob es weiblich oder männlich war und mit wem man sprach. Auch wurde in der Zeit unterschieden, ob etwas bereits Geschehen war oder noch geschehen würde, während bei seinem Volk alles eins war, gleichzeitig geschah, da die Zeit etwas von

Menschen Gemachtes war, während die Geistwesen keine Zeit kannten. Wort für Wort, Satz für Satz lernte er die Sprache, bis er einfache Anweisungen verstand und sogar antworten konnte, auch wenn es seltsam klang. Es war beinahe, als weigerte sich seine Zunge, sich der fremden Sprache zu beugen, die so vieles außer Acht ließ, das für ihn von Bedeutung war. Die Welt verlor etwas durch diese Sprache und dieser Verlust setzte sich in seinem Inneren, in seiner Seele fort. Er spürte es, nahm es wahr, mit jedem Tag, der verging, mit jedem Tag, den er in dem kleinen Dorf verbrachte, und doch konnte er es nicht bewahren, nicht festhalten. Dazu war eine weitere Person nötig, die sich erinnerte; jemand, der wusste, was da verloren ging. Doch diese Person, diesen jemand gab es nicht, nur ihn und in ihm schwand es, jeden Tag ein bisschen mehr, bis nur noch eine schwache Erinnerung, ein flackerndes Leuchten tief in seinem Inneren davon übrig blieb.

»Heute gehst du zur Schule«, verkündete Mirtha ihm eines Morgens. Ollin, der gerade über seinem Maisbrei gebeugt saß und diesen hungrig löffelte, weil er bereits das Holz gehackt, die Hühner gefüttert und das Wasser für den Tag geholt hatte, ließ seinen Löffel sinken und sah seine Adoptivmutter mit großen Augen an.

»Die Schule, Ollin, wir haben darüber gesprochen. Alle Kinder gehen dorthin, du auch. Dort wirst du lernen, wie man schreibt und liest und rechnet, und vor allem wirst du viel von Gott lernen, und wenn du das fleißig tust, dann werden sie dich taufen und du musst nicht länger fürchten, dass deine Seele in der Hölle leidet.«

Davor hatte Mirtha große Angst, vor dieser Hölle, und sie betete jeden Abend dafür, dass Ollin, ihr Adoptivsohn, vor ihr verschont bliebe. Manchmal weinte sie, während sie ihre gefalteten Hände in Richtung des Kreuzes hob.

Ollin nickte langsam, nicht, weil er die Sache mit der Schule einsah, sondern weil er wusste, dass es Mirtha wichtig war und sie glücklich zu sehen, war ihm wichtig. Vitor klopfte mit den Handknöcheln auf den wackligen Tisch, sein Zeichen der Zustimmung und damit war es beschlossene Sache. Nach dem Frühstück verließ Ollin die Hütte. Mirtha hatte ihm das widerspenstige Haar gekämmt und mit Öl eingerieben, so dass es glatt am Kopf anlag. Sie hatte ihm Gesicht, Hände und Füße gewaschen, als wollte sie ihm die Haut abschrubben und seine Kleider überprüft, ob sie auch wirklich makellos waren. Dann war Vitor aufgestanden und hatte ihm feierlich einen Stift überreicht und ein Heft, in dem die meisten Seiten fehlten. So, wie Vitor sich anstellte, musste beides sehr kostbar sein, und so hatte Ollin es ebenso feierlich entgegengenommen und in seine Tasche gesteckt. Als er die Hütte verließ, drehte er sich noch einmal um. Mirtha und Vitor standen nebeneinander im Eingang und sahen ihm nach, Mirtha mit Tränen in den Augen, Vitor mit etwas, das wie Stolz aussah, auf den Zügen. Ollin wusste, er durfte diese beiden Menschen nicht enttäuschen, denn sie waren alles, was er auf der Welt hatte, ganz gleich, was ihn in der Schule erwartete. Er machte sich keine Illusionen darüber, dass es schwer werden würde.

Wie schwer, das sollte er bald herausfinden. Der Unterricht fand in einem Nebengebäude der Kirche statt, der Pfarrer des Dorfes, ein strenger Mann mit einer Hakennase, unterrichtete.

Als Ollin den Hof der Kirche betrat, auf dem die übrigen Kinder Fangen spielten oder sich sonst wie die Zeit vertrieben, hielten auf einmal alle inne und starrten ihn an. Gespenstische Stille breitete sich aus und Ollin ging unsicher auf die Stufen des Schulgebäudes zu, bis ihm jemand den Weg verstellte. Er kannte den Jungen, er hatte ihn ein paar Mal im Dorf gesehen, ihn aber nicht weiter beachtet, auch wenn er Steine nach ihm warf, doch hier konnte er ihm nicht länger aus dem Weg gehen.

Der Junge war größer und stärker, wohl auch älter. Ollin betrachtete ihn, ohne Angst in den Augen.

»Was willst du hier?«, ging ihn der Junge an.

Ollin schwieg und erwiderte stumm den Blick des Jungen weiter. Dann machte er einen Schritt, um ihn einfach zu umrunden, doch wieder versperrte ihm der andere den Weg. Weitere Jungen kamen hinzu, drängten sich hinter dem Großen, als sei er ihr Anführer, und wer sich nicht dazu stellte, der sah aus sicherer Entfernung zu. Allzu deutlich spürte Ollin all die Augen auf sich ruhen. Er atmete ruhig und gleichmäßig und machte einen weiteren Schritt, mit dem gleichen Ergebnis. Also blieb er auch einfach stehen und sah dem Jungen in die Augen. Zunächst erwiderte dieser seinen Blick, spöttisch, herausfordernd, voller Verachtung, doch je länger Ollin in die dunklen Augen seines Widersachers blickte, umso deutlicher erkannte er dessen Unsicherheit, all die Ängste, die er im Geheimen ausfocht und aushielt. Er erkannte, dass dessen Stärke nur darauf beruhte, dass alle dachten, er sei stark. Ollin legte den Kopf schief, eine Geste, die der andere allerdings prompt falsch deutete und ein siegessicheres Grinsen aufsetzte. Vermutlich glaubte er, diesen Kampf schon gewonnen zu haben, doch Ollin machte eine blitzschnelle Bewegung, die der andere nicht kommen sah, und kam an ihm vorbei.

Der andere Junge stieß ein verblüfftes Grunzen aus, während um ihn herum einige überraschte Rufe zu hören waren.

»Pepe«, hörte Ollin, wohl der Name des Großen. Es klang, als wollten sie ihn anfeuern, aber auch, als forderten sie etwas von ihm. Ollin steuerte weiter das Gebäude an. Erneut baute sich Pepe vor ihm auf, diesmal mit deutlich finstererem Gesichtsausdruck und einem derben Stoß gegen die Schulter, der Ollin stark zurücktaumeln ließ.

Ollin wehrte sich nicht, wich aber auch nicht zurück. Weiter sah er seinen Widersacher wortlos an, sprach nur mit seinen Augen mit ihm, und offenbar gefiel Pepe nicht, was Ollin zu sagen hatte, denn er stieß ihn ein zweites Mal, heftiger und dann ein drittes Mal, so heftig, dass Ollin hinterrücks hinschlug und unsanft auf dem Hintern aufkam. Die Menge um sie herum johlte, doch Ollin stand auf, als sei nichts geschehen, klopfte sich den Staub von der Hose, die Mirtha penibel gesäubert hatte, und stellte sich wieder vor Pepe.

Dieser war durch sein Verhalten sichtlich irritiert und ging nun sofort zum Angriff über. Er hob die Fäuste und kam auf Ollin zu, doch seine Bewegung war so ungeschickt, dass es Ollin keine Mühe kostete, seinem ersten Schlag auszuweichen. In diesen Schlag aber hatte Pepe so viel Kraft gelegt, dass er ins Stolpern geriet, nachdem er sein Ziel verfehlte, was so lächerlich aussah, dass die Umstehenden lachten. Das Lachen erstarb sofort, als Pepes vor Wut brennender Blick sie traf. Wie ein wilder Stier wollte sich Pepe nun auf Ollin stürzen, doch dieser tat erneut nichts anderes, als ihm auszuweichen. Pepe flog vornüber in den Staub, mit der Nase voran.

Das Lachen wurde lauter und verstummte nicht mehr. Die anfeuernden Rufe waren nicht mehr zu hören, nur noch jenes Lachen und es war Pepe anzusehen, dass er das nicht ertrug. Er sprang auf und stieß einen lauten Schrei aus, der lauter war als das Gelächter der Zuschauer. Dann stampfte er auf Ollin zu und holte erneut aus. Als Ollin diesmal ausweichen wollte, fühlte er, wie in jemand von hinten festhielt. Pepes Schlag traf ihn erst in die Magengrube, dann auf die Nase. Warmes Blut schoss ihm aus der Nase, über die Lippen und auf Mirthas frisch gewaschenes Hemd. Für einige Atemzüge tat Ollin nichts, als die Blutstropfen anzuschauen, die sich auf dem weichen Gewebe rasch zu großen Flecken verbanden, dann hob er den Kopf und verpasste Pepe einen Schlag, der dessen Gesicht zur Seite schleuderte. Ein hässliches Knacken war zu hören und als Pepe ihm das Gesicht wieder zuwandte, strömte auch aus seiner Nase Blut.

In seinen Augen loderte eine wilde, zügellose Wut, die Ollin keine Angst machen konnte. Kalt betrachtete er seinen Gegner, wartete mit angespannten Muskeln auf dessen nächsten Zug, der ebenso berechenbar wie einfältig war. Pepe stürzte sich auf ihn, wollte ihn mit seinen Armen packen und zu Boden reißen, um auf ihn einzuprügeln, doch wieder war Ollin schneller und stärker als er. Als Pepe ihn fast erreicht hatte, hob er das Knie und rammte es ihm mit aller Kraft in den Unterleib. Pepes eigene Bewegung verlieh dem Tritt noch zusätzliche Wucht. Der Junge schnappte nach Luft und kippte einfach zur Seite. Auf dem Boden blieb er mit angezogenen Knien liegen und schnappte nach Luft.

Jetzt lachte niemand mehr, auch feuerte niemand mehr Pepe an. Stattdessen betrachteten alle Ollin, den Neuen, den Fremden aus dem Wald.

Ollin stand ganz ruhig da, die Schultern schlaff nach unten hängend, die Hände entspannt, und sah Pepe dabei zu, wie er sich vor Schmerzen im Staub wand. Jemand klopfte ihm auf die Schulter. Überrascht drehte sich Ollin um. Ein Junge stand neben ihm, kaum älter als er selbst und lächelte.

»Gut gemacht«, sagte der Junge und lachte. »Der Angeber hatte eine Abreibung dringend notwendig. Ich bin Tomas. Los, lass uns reingehen, Don Felipe mag es gar nicht, wenn wir zu spät kommen und lass mich dir das gleich sagen, er mag es auch nicht, wenn wir uns prügeln. Wenn du also nicht gleich an deinem ersten Tag nachsitzen oder Schläge mit dem Rohrstock bekommen möchtest, dann beeilen wir uns lieber.«

Damit war es vorbei. Tomas führte Ollin an der Schulter nach drinnen und wies auf eine Bank, auf der Ollin Platz nahm. Auch die anderen Kinder kamen herein, lärmend und lachend, den Vorfall draußen besprechend und dann begann der Unterricht. Nie mehr danach sprach jemand über die Sache mit Pepe, selbst Pepe nicht, der Ollin fortan lieber aus dem Weg ging und so tat, als sähe er ihn nicht, und dabei blieb es bis zu Ollins letztem Schultag. Pepe nahm Ollin nicht mehr wahr, so als existierte er gar nicht, und wenn über Ollin gesprochen wurde oder Ollin etwas sagte, tat er so, als hätte er nichts gehört, und irgendwann akzeptierten alle dieses seltsame Verhalten. Ollin war es gleich. Er hatte in Pepe nie einen ernstzunehmenden Gegner gesehen, nur ein Hindernis, das er überwinden musste. Das hatte er getan und damit gab es keinen Grund mehr, länger über dieses nachzudenken. Viel größere Sorge machte ihm Don Felipe, der als Geistlicher in dem kleinen Dorf über große Macht verfügte, immerhin war er ein Mann Gottes, quasi das direkte Sprachrohr zu dem Vater des Gottes am Kreuz, wie Ollin inzwischen gelernt hatte.

Als Don Felipe mit strengem Gesicht das Klassenzimmer betrat, verstummten augenblicklich alle Gespräche. Das Lachen hörte auf, die Gesichter wurden ernst, die Körperhaltung straff. Alle standen auf und begrüßten den Lehrer, Ollin tat es ihnen einfach nach. Mit langsamen, gesetzten Schritten begann Don Felipe die Reihen der Schüler abzuschreiten, wobei er jedem Schüler für einen unangenehm langen Zeitraum direkt in die Augen blickte, so als wolle er zu dessen Seele vordringen und ihr das letzte, dunkelste Geheimnis entreißen, das so eine Kinderseele verbergen mochte. Nicht alle hielten diesem inquisitorischen Vorgang stand, einige senkten den Blick, andere ertrugen es einfach nicht länger und sie traf mit unbarmherziger Härte der Rohrstock auf die Finger, die sie bereitwillig auf den Tischen ausgebreitet hatten. Der Stock hinterließ rote Striemen auf den schmalen und bereits jetzt von der harten Arbeit gezeichneten Kinderhänden, doch weder ein Weinen war zu hören, noch ein Schmerzenslaut, höchstens nur ein unterdrücktes

Schluchzen, wenn der Stock sie allzu hart traf. Bei jedem Schlag zuckte Ollin zusammen.

Dort, wo er herkam, gab es keine Schläge, zumindest nicht solche. Kinder schlug man nicht, denn das war ein Zeichen von Schwäche und jemand, der Schwäche zeigte, konnte wohl kaum erwarten, von Kindern als Lehrer betrachtet zu werden. Jeder konnte ein Lehrer sein. Sein Großonkel etwa wusste viel über den Fischfang zu sagen, wie man die besten Netze knüpfte und die Speere spitzte, mit denen man, im Wasser stehend, einige Fische fangen konnte, ohne auf den Fluss hinauszufahren. Wenn Ollin an den Fluss dachte, dann überlief ihn ein sanfter Schauder, wie eine Erinnerung an den kühlen Lufthauch, der stets vom Fluss über das Dorf geweht hatte und den dunklen, erfrischenden Geruch des Wassers in sich trug. Der Fluss hier duftete nicht, er stank nach all dem Verdorbenen, das man in ihn hineinkippte und all dem Guten, das man ihm entriss. Die vielen Boote, die hier vorbeikamen, wirbelten das Wasser auf, machten es trüb und hinterließen eine dicke Ölschicht auf dem Wasser, die man auch Tage später noch leicht an ihren Regenbogenfarben erkennen konnte. Hier unten, so hatte Ollin schon zuvor festgestellt, war der Fluss kein Wesen mehr, das lebte, sich bewegte, sich veränderte und Launen hatte. Er war nur noch ein Ding, das die Menschen benutzten. Seine Seele hatte er verloren oder sie war ihm entrissen worden, so wie Don Felipes durchdringender Blick den Kindern des Dorfes ihre Geheimnisse entriss und sie dafür mit Scham und Schuld anfüllte, die für ein ganzes Leben reichen sollte.

Warum strafte man Kinder hier so hart? Dort, wo er herkam, liebten die Kinder das Lernen. Von den Frauen lernten sie etwas über die Kräuter und die Früchte, über die beste Zeit, sie zu ernten und wie man sie lagerte. Das waren zwar eigentlich Mädchenaufgaben, doch jeder Mann konnte in die Situation geraten, ganz auf sich allein gestellt zu sein und sollte er dann etwa verhungern? Seine Mutter hatte über die Fähigkeit verfügt, jene Stellen zu finden, an denen das Wasser besonders klar und frisch war, etwa weil Regenwasser durch Gestein geflossen oder durch die Bäume gefiltert worden war. Sein Vater wiederum wusste das Wetter zu deuten, wie kein anderer. An winzigen Veränderungen in der Luft oder des Lichtfalls erkannte er, dass bald ein Regenguss, ein Unwetter oder eine lange Trockenperiode bevorstand und er irrte sich fast nie. Tat er es doch, so wusste er jene Dinge zu tun, welche die Götter des Waldes und des Himmels dazu veranlassten wieder gnädig zu sein und Regen zu schicken oder den Regen enden zu lassen, je nachdem, was gerade gebraucht wurde.

Das Wissen um diese Dinge wurde weitergegeben, aber nicht zwangsläufig an die eigenen Kinder, sondern an jene, die sich dafür interessierten, weil das zeigte, dass sie dazu berufen waren, diese Dinge gut zu können. Wenn es nichts zu lernen gab, keine Körbe zu flechten, keine Netze zu flicken oder keine Speere zu spitzen, dann saßen die Kinder bei den Alten und hörten ihren Geschichten zu. Diese erzählten dann von jenen Tagen, an denen ihr Volk entstand und die Welt entdeckte, von uralten Streitigkeiten und göttlichen Wesen, von Helden, die Abenteuer bestanden und großen Kriegern, die sich in Tiere des Urwalds verwandelten. Mit vielen Worten beschrieben sie all die Kreaturen, die im Wald und im Fluss ihre Heimat hatten und die alle über magische und besondere Fähigkeiten verfügten. Auch sprachen sie von den Geistwesen, jenen, die unter der Erde lebten oder oben in den Baumkronen oder die im Fluss wohnten.

Sie alle galt es zu kennen und zu erkennen, denn wer eines von ihnen verärgerte, ob beabsichtigt oder unbeabsichtigt, der konnte sich und seine Familie, ja sogar sein ganzes Dorf in große Bedrängnis bringen. Manchen musste man einfach aus dem Weg gehen, also die Orte meiden, die sie in Besitz genommen hatten oder die man ihnen geweiht hatte, andere wiederum verlangten Opfer oder bestimmte Handlungen oder man konnte ihre Wege nur zu einer festgelegten Zeit im Jahr kreuzen. Und dann gab es noch die Wesen, die Krankheit und Unglück über ein Dorf brachten. Diese waren die Allerschlimmsten und kamen meist, weil ein mächtiger Hexer eines anderen Dorfes sie geschickt hatte. Dann galt es ihn zu finden und der Schamane des eigenen Dorfes musste mit ihm verhandeln und kämpfen, bis dieser den kranken Körper wieder freigab. Dieses Ringen und Kämpfen ging manchmal über Tage, während der Betroffene an der Grenze des Todes war. Starb er währenddessen, gewann der Hexer, blieb er am Leben, erhielt der

Hexer eine Ausgleichszahlung für die Freigabe des Körpers. So oder so gewann also in jedem Fall der Hexer, doch das war noch lange kein Grund für einen Jungen wie Ollin, sich zu wünschen, einst ein Hexer zu werden.

Ein Hexer handelte mit dem Bösen, er machte sich das Böse gefügig und zahlte einen hohen Preis dafür. Mal verlor ein Hexer ein Auge oder einen Zahn oder einen Finger oder ein Ohr, das er sich im Wahnsinn abschnitt, während er darauf wartete, dass die bösen Mächte erstmalig seine Gaben annahmen. Wenn sie ihn erhörten, konnte er sie fortan benutzen, um anderen Schaden zuzufügen und für die Befreiung von diesem Schaden Geld zu verlangen.

Niemand mochte Hexer; Hexer waren abscheulich und wenn einer von ihnen starb, so wurde er noch nicht einmal bestattet, so sehr fürchtete man, das Böse könnte von dem toten Körper auf einen Lebenden übergehen. Also fuhr man sie auf dem Fluss und übergab sie dem Wasser, dem das Böse nichts anhaben konnte, denn der Fluss war eine Kraft aus sich selbst.

Wenn ein Kind nicht gehorchte, dann wurde es aus der Gemeinschaft zeitweise ausgeschlossen. Es durfte nicht mehr bei den anderen sitzen, nicht mehr mit ihnen singen, das Essen teilen oder den Geschichten zuhören und das ertrug kein Kind lange.

Bei älteren Kindern setzten die Eltern auch Scham ein, in dem sie alberne Namen für deren Verhalten erfanden, die bald von allen aufgegriffen wurden. Das war den Betroffenen so peinlich, dass sie dieses unerwünschte Verhalten meist sofort einstellten. Aus diesem Grund gab es nie einen Anlass, ein Kind zu schlagen. Auch die Frauen schlugen ihre Männer nicht und die Männer ihre Frauen nicht. Wer das tat, der holte sich das Schlechte herbei, machte sich angreifbar für die Hexerei und die gab es überall.

Über diese Dinge dachte Ollin nach, während er Don Felipe dabei beobachtete, wie er zwischen den Reihen der Schüler hindurch schritt und ihm dabei immer näher kam.

Als der Blick des Padres auf Ollins traf, schien für einen Moment die Zeit stillzustehen. Alle anderen Kinder im Raum hielten die Luft an, keiner sprach mehr oder bewegte sich auch nur. Alle Aufmerksamkeit war auf Ollin und den Geistlichen gerichtet.

Der gesetzte Schritt des Padres kam für einen Augenblick in das

Stocken, bevor er sich mit noch lauterem Schlurfen fortsetzte, bis Don Felipe direkt vor Ollin zum Stehen kam. Don Felipe war hochgewachsen und Ollin musste den Kopf in den Nacken legen, um den Padre anzusehen.

Dessen tiefschwarze Augen musterten ihn mit der Neugier eines Raubtiers, der seine nächste Beute zu vermessen versucht. Ollin blinzelte nicht. Auch sonst zeigte er keine Regung. Er stand einfach da und sah den Padre an.

Er konnte spüren, wie sich der Blick des Padres in sein Innerstes bohrte, alles an ihm nach einem Zugang zu seiner Seele abtastete, eine Schwachstelle, eine Unsicherheit, irgendeinen Punkt, an dem Ollin verletzlich war. Doch so sehr die kalten Augen des Geistlichen auch suchten, sie fanden nichts, was das Feuer der Wut auf das Gesicht des Padres trieb. Ollin wusste, dass das nichts Gutes zu bedeuten hatte, doch er zeigte mit keiner Regung, dass ihm diese stumme Untersuchung unangenehm war.

Noch immer wagte keines der anderen Kinder auch nur zu atmen, nie zuvor hatte in jenem Klassenraum jemals eine solche Stille geherrscht. Sekunden vergingen, aus denen Minuten wurden, während Ollin und der Padre sich stumm in die Augen starrten. Lange Zeit geschah gar nichts. Sie standen da und sahen sich an, der Padre tastete Ollin ab. Mit geübter Kälte suchte er nach einem Ansatzpunkt, um zu seinen Tiefen vorzudringen, jenen Teilen seines Selbst, die er vor anderen zu verbergen versuchte und die bei Kindern gewöhnlich ganz dicht unter der Oberfläche lagen, doch in Ollins dunkelglänzende Augen zu blicken, war wie in einen Spiegel zu sehen. Der Padre sah - nichts. Und je länger er starrte und mit seinen Blicken bohrte, dabei sein Gesicht erst anspannte und schließlich verzerrte, umso verwandelte sich dieses Nichts in sein eigenes Spiegelbild. Statt mehr über Ollin zu erfahren, den Jungen aus der Wildnis, den kleinen Heiden, den barmherzige Menschen aufgenommen hatten, begegnete der sonst so entschlossene Padre sich selbst. Er sah sich, den hageren, hochaufgeschossenen Padre mit der hellen Haut und dem stechenden Blick, sah, wie er auf Kinder und auf die Bewohner des Dorfes vielleicht respekteinflößend wirkte. Gleichzeitig sah er auch, dass jenseits dieser Bastion seiner Macht aus dem Respekt etwas anderes wurde, bis sein Auftritt etwas Absurdes und fast Lächerliches bekam. Er sah, wie er die Kinder mit seinem forschenden Blick, mit seinem allwissenden Auge beunruhigen konnte, denn Kinder hatten immer etwas zu verbergen und die Erwachsenen erst Recht, doch dieser Trick funktionierte nur, wenn das Gegenüber daran glaubte.

Ollin aber, der Junge aus dem Dschungel, glaubte nicht daran, mehr noch, er wusste noch nicht einmal von den angeblichen Fähigkeiten des Padres und war deshalb immun gegen sie. Alles, was er sah, war ein sehr schlecht gelaunter Mann mit einer viel zu hellen Haut für den Dschungel. Die Mosquitos mussten ihn auffressen, Nacht für Nacht. Er empfand Mitleid mit diesem Mann, der sicher von einem weit entfernten Ort stammte und nun hier, im Urwald, an den Ufern des toten Flusses, Fremden und ihren Kindern von einem toten Gott erzählen musste. Alles, was ihm dabei half, war die Angst der Menschen vor der Hölle, die doch durch seine Erzählungen überhaupt erst erschaffen worden war. Ollin spürte die Not, den Druck, die Selbstzweifel, den Selbsthass, die Verachtung mit aller Deutlichkeit. Dieser Mann war niemand, der mit den Geistern sprach wie die weisen Männer und Schamanen seines Volkes, niemand, der um die unsichtbaren Kräfte wusste, die einen Mann und sein Schicksal, die ein ganzes Dorf beeinflussen konnte.

Hier stand ein Mann, der ein Ziel hatte und diesem Ziel ordnete er alles unter, doch fehlten ihm die klare Entschlossenheit, der Mut und die Offenheit eines Kriegers. Denn diese wussten, dass ein Krieg, draußen auf einem der Schlachtfelder, sie das Leben kosten konnte, wenn ihr Wille zu überleben und zu siegen nicht stark genug waren.

Don Felipe kannte die Schatten seiner Seele nicht, er wusste nichts von ihren Untiefen und das machte ihn zu einem schwachen Gegner. Eine Nacht allein im Dschungel und die Geister würden ihn verzehren, würden seinen Verstand verwirren, bis nur noch eine leere Hülle zurückbliebe, die keinen verständlichen Satz mehr herausbrachte, und nackt und kreischend zwischen den Bäumen hin- und hersprang.

Bei seinem Volk erzählte man sich zahlreiche Geschichten über solche Männer. Es waren Männer, die zu schwach waren, das Leben anzunehmen, seinen Schmerz, seine Unwägbarkeiten, die Verluste, die es bereithielt, durch Krankheit, durch Unfälle und durch den Krieg. Sie liefen vor ihnen davon wie Narren, doch irgendwann holten die Schatten sie ein und dann war es vorbei mit ihnen. Die Geister fielen über sie her und verschlangen Teile ihrer Seelen und was sie zurückließen, genügte zwar, um zu essen, zu trinken, um sich zu waschen und einfache Tätigkeiten auszuüben, doch genügte niemals, um als Macher, als echter Mensch den vorgesehenen Platz im Kosmos einzunehmen.

Wenn Don Felipe ein Mann Gottes war, des toten Gottes am Kreuz und seines Vaters, wieso wusste er das dann nicht? Das fragte sich Ollin, während er da stand und in die Augen des Padre sah.

Dessen Gesicht hatte sich inzwischen zu einer fast grotesken Fratze verzerrt, er hatte die Lippen nach oben gezogen wie ein Hund die Lefzen, seine Augen waren groß und quollen ihm fast aus dem Schädel, die Haut spannte über seine Wangenknochen und sein Kinn bebte. Eine tiefe Furche grub sich über seine Nase zwischen seinen Brauen, in seinen Augen loderte es wild. Die Anspannung in ihm wuchs und wuchs, jeder im Raum konnte es fühlen, bis es der Padre nicht länger aushielt, seinem Rohrstock ausholte und mit aller Wucht auf den Tisch schlug, nur wenige Zentimeter neben Ollins Fingern, die er, wie alle anderen, auf dem Tisch ausgestreckt hatte.

Einige Kinder zuckten zusammen, schrien sogar leise auf, nur Ollin rührte sich nicht. Er hatte den Ausbruch kommen sehen, das Glimmen der Wut in den Augen seines Gegenübers, aus dem ein loderndes Feuer geworden war, das schließlich jeden Gedanken verschlang.

»Der Zorn ist wie eine böse Schlange, die in dir wohnt. Wenn du ihn fütterst, wird sie immer größer und größer, bis sie dich irgendwann von innen aushöhlt und dann bist du kein Mensch mehr, sondern nur noch das Werkzeug der Schlange. Füttere deinen Zorn niemals, nutze seine Kraft und verwende sie auf etwas Sinnvolles, dann bleibt die Schlange immer klein, doch sie bleibt auch immer hungrig. Wir alle tragen die Schlange in uns und keiner von uns wird sie je endgültig besiegen, sie stirbt erst mit unserem Tod und wenn unsere Seele den Körper verlässt.«

Ollin erinnerte sich an diese Worte seines Großvaters, als hätte dieser ihm diese Geschichte erst gestern erzählt. Wieder stand ihm deutlich das von tiefen Falten zerfurchte Gesicht des alten Mannes vor Augen, sein zahnloser Mund, die gütigen Augen mit den Lachfalten, der kahle Kopf, über den er ständig rieb und sein kicherndes Lachen, wenn er eine Geschichte erzählte, die die Menschen zum Nachdenken brachte. Eine starke Empfindung stieg in ihm auf, eine Mischung aus tiefer Trauer und noch stärkerer Wut und nur für eine Sekunde ließ er den Padre sehen, was in ihm vorging, konnte er dessen forschenden Blick nicht länger von sich ablenken. Sofort stürzte sich Don Felipe auf diesen Aufglimmen eines Gefühls, einer Verletzlichkeit, setzte ihr nach, versuchte sie zu verstärken, doch Ollin hielt sich an die Regeln seines Volkes.

Wann immer ein Gefühl zu stark wurde, so nahm er es mit sich hinaus in das Sonnenlicht und betrachtete es von allen Seiten. Wo kam es her? Was bedeutete es? Wozu war es notwendig? Brauchte er es weiterhin? Konnte es ihm schaden? Konnte es anderen schaden? Wenn er all diese Fragen beantwortet hatte, dann ließ er das Gefühl wieder in sich hinein, fühlte es, erkundete es, bis es ihm ein Freund, ein Vertrauter wurde.

Die tiefe Trauer um den Verlust seiner Familie, seines Dorfes, aller Menschen, die er so sehr liebte, war das stärkste Gefühl, das er je empfunden hatte, und selbst die einsamen Tage im Wald hatten nicht genügt, um es ausreichend der Sonne auszusetzen, doch Ollin hatte nicht locker gelassen.

Wann immer Mirtha versuchte, ihn zum sprechen zu bringen, ihm zu entlocken, was mit seiner Familie, seinem Dorf geschehen war, hatte er nur stumm den Kopf geschüttelt. Es half nichts, die Trauer mit Mirtha zu teilen oder mit irgendjemandem sonst, denn es war seine Trauer. Er musste sie tragen und er musste mit ihr umgehen. Sie zu teilen hätte bedeutet, dass auch Mirtha einen Umgang mit ihr finden musste, und das erschien ihm eine viel zu schwere Bürde für die liebevolle, schweigsame Frau, die ihn ohne viele Worte bei sich aufgenommen hatte.

Sie und Vitor hatten einst Kinder gehabt, doch alle waren gestorben und irgendwann hatte sie keine Kinder mehr bekommen können, doch dann war ein Junge namens Ollin aufgetaucht - »ein

Geschenk des Himmels«, wie Mirtha immer sagte – und nun war er ihr Kind. Ihr fremdes Kind aus einer anderen Welt, das gerade ein Kräftemessen mit dem Padre bestand.

Das Unglaubliche, das Unmögliche geschah. Vielleicht sah Don Felipe es, sah den Mut und die Kraft, die es erforderte, die eigenen Gefühle nicht nur zu kontrollieren und zu unterdrücken, sondern sie immer wieder hervorzukramen und in das Licht zu zerren, bis sie ihre Schrecken verloren, in jedem Fall blinzelte er.

Nicht nur Ollin sah es, auch einige der Umstehenden, unter ihnen auch Tomas. Das Entsetzen war auf den Gesichtern zu lesen, einige schlugen sich sogar die Hand vor den Mund, doch noch war das stumme Duell nicht beendet. Don Felipe verengte seine Augen zu schmalen Schlitzen, die dunklen Brauen nun unheilvoll gesenkt, eine Geste der Bedrohung, der Einschüchterung, auf die Ollin nicht reagierte.

Da wusste Ollin, was er tun musste. Seine Mundwinkel zuckten, fast unmerklich, als er seine Körperhaltung löste und Don Felipes Blick in sein Innerstes ließ.

Don Felipes Streifzug in Ollins Innerem währte nicht lange. Schon nach wenigen Sekunden blinzelte er erneut, dann schloss er die Augen eine Weile und wich zurück, stolperte dabei fast über den Tisch hinter ihm. Lautes Poltern zerriss die Stille und damit den Bann, der über dem Klassenraum lag. Don Felipe schüttelte sich, dann räusperte er sich und ging dann mit schnellen und nicht sehr maßvollen Schritten zurück zur Tafel, wo er mit zitternden Fingern das Thema der heutigen Stunde anschrieb.

Die Kinder nahmen Platz, Ollin neben Tomas, doch an Unterricht war nicht zu denken. Sie alle tuschelten und flüsterten, steckten die Köpfe zusammen und konnten sich nicht mehr beruhigen über das Unglaubliche, das Unfassbare, das sich gerade vor ihrer aller Augen ereignet hatte. Da war ein Junge gekommen, der nicht nur dem großen notorischen Pepe, sondern sogar dem furchteinflößenden Don Felipe die Stirn geboten hatte und keine Abreibung dafür bekam. Die Gesetze, die ihre Welt zusammenhielten, waren in das Wanken geraten und keiner von ihnen würde diesen Tag je vergessen. Noch Jahre später, als Ollin längst weit entfernt an einem anderen Ort lebte und hier nur noch der Wind seinen Namen kannte, erzählte man sich die Geschichte vom Jungen aus dem Wald, der keine Angst kannte und mit seinen Teufelsaugen sogar dem Padre Furcht eingejagt hatte.

Als Ollin zur Hütte zurückging, war er sich nicht sicher, ob er einen Sieg oder eine Niederlage errungen hatte. Mirtha und Vitor erwarteten ihn gespannt und bestürmten ihn mit Fragen.

»Wie war es in der Schule?«

»Hast du fleißig gelernt?«

Ollin beantwortete alles mit einem Ja, legte die Tasche mit dem Heft und dem Stift beiseite und setzte sich nach draußen, vor die Hütte, um in Ruhe nachzudenken. Lange saß er da und dachte nach. Längst hatte sich die Dunkelheit über den Urwald gesenkt, und der Fluss war nur noch ein schwarzes Band aus glänzender Flüssigkeit, das sich durch die Nacht wälzte, als sich Schritte der Hütte näherten. Ollin musste den Kopf nicht heben, um zu sehen, wer da kam. Es war Don Felipe, der den Jungen in der Dunkelheit nicht bemerkte. Er betrat die Hütte und Ollin hörte die drei Erwachsenen drinnen sprechen, Mirtha aufgeregt, ängstlich, Vitor, eher gedämpft und beruhigend und dazwischen die kalte Stimme des Padre. Als der Padre die Hütte verließ, wusste Ollin, dass er diesen Menschen zum letzten Male sah und verabschiedete sich von ihm.

Vitor kam aus der Hütte. Er setzte sich neben Ollin und zog seine Pfeife hervor, in der er seinen immer viel zu feuchten Tabak rauchte, von dem er den scheußlichen Husten bekam, über den Mirtha immer schimpfte.

»Wir gehen fort, Junge, wir gehen fort«, sagte er, den Blick auf den Fluss.

»Wohin, *papai*?«

»Weit fort in eine große Stadt, so groß wie der Urwald, mit Straßen so breit wie der Fluss.«

»Wie heißt diese Stadt?«

»Manaus, diese Stadt heißt Manaus.«

»Und was werden wir dort tun?«

»Du wirst zur Schule gehen und Mirtha und ich werden arbeiten und vielleicht werden wir bald schon einen von diesen Fernsehern haben, mit denen man in die ganze Welt schauen kann.«

Ollin lauschte in sich hinein. Kein Schatten regte sich, stattdessen war da ein gutes Gefühl. Von hier fortzugehen, war richtig.

»Gehen wir ... , *papai*«, sagte er und tätschelte seinem Adoptivvater das Knie.

Kapitel 3

Von überall her kamen die Flussdampfer im vor Menschen überquellenden Hafen von Manaus an. Die Passagiere transportierten Koffer, Hühner, Fische, Kisten voller Gemüse und Obst. Sie alle redeten oder schrien laut durcheinander, nur noch übertönt von den Fischern, die ihre Fische anpriesen. Für Ollins Ohren, die so viele Jahre nur die Stille gekannt hatten, war der Lärm kaum zu ertragen. Auf dem Dampfer war es die Enge gewesen, das Zusammenleben mit fremden Menschen, ihren Gerüchen und Gedanken, das ihn belastet hatte, doch hier, in diesem überbordenden Chaos aus Stimmen, Gerüchen, Farben, Musik und Bewegungen, wurde ihm übel.

»Ist alles in Ordnung?«, fragte ihn Mirtha besorgt und er nickte mit zusammengepressten Lippen, unfähig zu sprechen. Er vermisste den Wald und die Stille, das satte Grün der Bäume und das sanfte Federn des Bodens unter seinen Füßen. Jetzt steckten sie in braunen Sandalen, die an seinen Zehen schmerzten, doch Vitor hatte ihm erklärt, dass man in der Stadt Schuhe trug. Als Ollin den Dreck am Hafen sah, die Glasscherben, die Zigarettenstummel und den Unrat, begriff er, weshalb.

Misstrauisch folgte er Mirtha und Vitor an Land. Es war ungewohnt, wieder festen Boden unter sich zu spüren, halb betäubt von dem ungewohnten Lärm um sich herum. Er wusste kaum, wohin er als Erstes sehen sollte. Im Dschungel war es überlebenswichtig, auf jede noch so beiläufige Bewegung im Augenwinkel zu achten, damit man nicht von einem Puma oder einem anderen Raubtier angegriffen und gefressen wurde, doch hier war es unmöglich, auf alles zu achten. Überall konnten unbekannte Gefahren lauern und Ollin spürte, wie sein Herz immer schneller schlug. Kalter Schweiß bedeckte seine Haut und am liebsten hätte er sich die Ohren zugehalten und die Augen geschlossen, um den Krach und die Menschen aus seinen Gedanken auszusperren, doch das war unmöglich. Das Risiko, Mirtha und Vitor zu verlieren, war viel zu hoch. Zu gerne hätte er sich an sie geklammert, sie festgehalten, Mirtha etwa an einem Zipfel ihres bunten Rockes, der sich bei jedem ihrer Schritte bewegte, fröhlich hin- und herschwang wie eine Fahne und Ollin vorkam, als spotte er über ihn und seine Angst.

Alles in Manaus schien aus Chaos zu bestehen. Häuserzeilen

reihten sich in wildem Durcheinander aneinander, die Straßen verliefen kreuz und quer, Autos hupten im ewigen Stau, zwischen ihnen fuhren Fahrräder, Mofas und andere, auch Eselskarren und Handwagen wuselten durch das Gewirr. Das Hupen der Fahrzeuge dröhnte in Ollins Ohren, jedes Mal, wenn es erneut erklang, zuckte er zusammen. Wie ertrugen es Menschen, hier zu leben? Manaus war der schrecklichste Ort der Welt, die Hölle auf Erden, wie sie der Padre beschrieb, nur im grellen Sonnenschein und bei einer Hitze, die anders war als die im Dschungel, schwer und klebrig.

Die Luft war nicht klar und rein, sondern voll von den Abgasen und anderen Dingen. Ollin kam es so vor, als bekäme er kaum genug Luft. Vitor lief vor ihnen her, fragte sich durch, um den Weg in das Viertel Ecudandos zu finden, wo sein Bruder lebte, den er seit vielen Jahren nicht gesehen hatte. Der erste Mann, den er ansprach, ein älterer dunkelhäutiger Indio mit ungepflegtem Haar, fletschte die Zähne zu etwas, das wohl ein Lachen sein sollte, doch auf Ollin wirkte wie das Grinsen eines Irren, und ging einfach weiter. Die Frau am Fischstand brach in wüste Beschimpfungen aus, als sie feststellte, dass Vitor nichts bei ihr kaufen, sondern nur nach dem Weg fragen wollte und eine andere winkte nur ab und ging weiter. Ein Junge, wenig älter als Ollin, zeigte schließlich mit einem schmutzigen Finger in die Richtung, in der windschiefe Hütten auf Stelzen am Wasser standen. Dorthin gingen sie.

Hatte Ollin gedacht, mit dem Hafen den übelsten Teil Manaus' schon gesehen zu haben, so musste er bald feststellen, dass er sich getäuscht hatte. Die Häuser aus Stein verschwanden, stattdessen gab es nur noch erbärmliche Behausungen, zusammengezimmert aus dem, was der Fluss so angespült hatte. Kinder mit schmutzigen Gesichtern und in Fetzen hängenden Kleidern liefen mit lautem Geschrei an ihnen vorbei, Straßenhunde bellten und es stank erbärmlich.

»Hier sollen wir leben?«, fragte Ollin, der sich nun doch ängstlich an Mirtha klammerte. Sie legte den Arm um ihn und presste ihn an sich, um ihn zu beruhigen, doch in ihrem Gesicht konnte Ollin sehen, dass auch sie sich nicht wohl fühlte.

Vitors Bruder Pedro lebte mit seiner Frau und seinen acht Kindern ganz am Ende des Slums. Vor einigen Jahren hatte es hier einen schrecklichen Brand gegeben, bei dem viele Hütten zerstört worden waren, auch etliche Bewohner waren gestorben, wie Ollin später erfuhr, und niemand hatte sich die Mühe gemacht, sie wieder aufzubauen.

Pedro empfing seinen Bruder und dessen Familie alles andere als freundlich. Er war ein hagerer, missmutiger Mann mit tiefen Gramfalten um den Mund und die Augen, und Ollin beschloss sofort, dass er ihn nicht mochte. Seine Kinder waren hohlwangige Gestalten mit struppigem Haar, die Ollin mit neugierigen Augen anstarrten oder ihre dreckigen Hände nach ihm ausstreckten, um ihn zu berühren. Ollin sagte kein Wort. Er hörte, wie Vitor mit seinem Bruder sprach, es klang nicht wie ein herzliches Willkommen.

»Wir haben nicht viel Platz«, erklärte Pedro. »Spätestens in einer Woche müsst ihr hier verschwunden sein, wir können euch nicht durchfüttern.«

Vitor, der seine Arme erhoben hatte, wie als wollte er seinen Bruder umarmen, nickte und drehte sich mit hängenden Armen zu Mirtha und Ollin um. So hatte er sich ihre Ankunft in Manaus, der Stadt voller Möglichkeiten, nicht vorgestellt, doch jetzt gab es kein Zurück mehr. Das hier war ihr neues Zuhause und sie mussten ihr Glück hier versuchen.

Nach einem kargen Abendessen, das aus einem widerlichen, undefinierbaren Brei bestand, der verdächtig nach altem Fisch und Öl schmeckte, legte sich Ollin mit den anderen Kindern in den einzigen Raum des Hauses. Sie schliefen auf dem Boden. Das machte Ollin eigentlich nichts aus, immerhin war er das gewohnt, doch die ungewohnte Nähe zu den anderen, die Enge des Raumes, der ganze Krach, der von der Straße her zu ihnen hereindrang, ließen ihn nicht zur Ruhe kommen und in den Schlaf finden.

Manaus schlief niemals. Immerzu waren Menschen auf den Straßen unterwegs, lärmten, schrien, stritten, Musik war zu hören, unterbrochen nur vom Hupen und dem Hundelärm. Kein frischer Luftzug wehte herein, die Luft war stickig und Ollin konnte nur flache Atemzüge nehmen. Er tastete im Dunkeln nach Mirtha, nach der vertrauten Nähe ihrer trockenen, weichen Haut, doch er fand sie nicht unter all den fremden Körpern.

Es stank widerlich und Pedro schnarchte laut. Silbernes Mondlicht fiel herein und tauchte alles in ein gespenstisches Zwielicht. Ollin lag mit aufgerissenen Augen in der Dunkelheit und lauschte seinem hämmernden Herzschlag, bis der neue Tag anbrach.

Im Morgengrauen erhob sich Vitor, um im Straßengewirr von Manaus nach Arbeit zu suchen. Ein Nachbar hatte Pedro gesagt, dass man in der Konservenfabrik direkt am Fluss noch jemanden suchte und dort wollte er sich vorstellen. Auch Ollin hielt es nicht länger aus und ging nach draußen, obwohl die anderen Kinder noch alle schliefen.

Pedro saß draußen vor der Hütte und rauchte schlecht gelaunt eine Zigarette. Als er Ollin erblickte, verfinsterte sich sein Gesicht.

»Du«, sagte er und schnippte die glühende Zigarette vor Ollins bloße Füße.

»Glaube bloß nicht, dass ich dich durchfüttern werde. Du bist nicht einmal Familie, nur ein kleiner, dreckiger Schmarotzer, also mach dich nützlich. Jetzt geh und hol Wasser und dann koche mir Kaffee, du Mistkerl.«

Ollin schluckte und schaute sich suchend um. Womit sollte er Wasser holen und vor allem wo?

»Na, wird's bald?«, kläffte Pedro und Ollin zuckte zusammen. Sein Blick fiel auf einen schmutzigen Kanister und er griff nach ihm. Dann ging er einfach los, froh, der beklemmenden Atmosphäre in der Hütte zu entkommen. Dass er seine Schuhe vergessen hatte, scherte ihn nicht. Hier, im Slum, gab es nur lehmigen Boden, festgestampft von den Schritten der Bewohner.

»Du bist neu hier, nicht wahr?«, fragte ihn eine neugierige Stimme. Ollin drehte sich um und blickte in die großen, dunklen Augen eines Mädchens, das ein oder zwei Jahre jünger war als er.

»Ja«, sagte er, weil ihm nichts Besseres einfiel.

»Weißt du, wo ich hier Wasser holen kann?«

Das Mädchen nickte und zeigte mit dem Finger in einen der unzähligen Wege im Labyrinth des Slums.

»Ich zeige es dir«, sagte sie und lief los. Ollin hatte Mühe ihr zu folgen, zumal er auf dem schmutzigen und von Unrat übersäten Boden immer wieder achtgeben musste, sich mit seinen bloßen Füßen nicht zu verletzen. Auch das Mädchen trug keine Schuhe, doch sie bewegte sich mit schlafwandlerischer Sicherheit an den

Hundehaufen, Scherben und Müllbergen vorbei, bis sie zu einem kleinen Brunnen mit einer Pumpe kamen, an der sich bereits zahlreiche Kinder drängten.

Für einige Momente war Ollin ratlos, denn er erkannte, dass es keine Reihenfolge gab. Wer konnte, drängelte sich vor, im Zweifel unter Einsatz seiner Ellenbogen und Fäuste, wem es an Kraft dazu fehlte oder wer schlicht zu klein war, musste warten und wurde nach hinten gedrängt. Entschlossen packte Ollin den Eimer fester und schob sich durch die Menge nach vorne. Erst widerstrebte es ihm, sich mit roher Gewalt durchzusetzen, doch schon bald erkannte er, dass ihm nichts anderes übrig blieb. Ein kleiner Junge mit spitzen Zähnen fauchte und versuchte, sich in seinen Unterarm zu verbeißen, doch er schüttelte ihn ab und im nächsten Moment war er ganz vorne an der Pumpe und konnte sie mit Wasser füllen. Sein Glück währte nicht lange, denn schon bald drängte ein anderer, größerer Junge nach vorne und verpasste ihm einen so unsanften Stoß, dass er nach vorne taumelte. Ollin zögerte nicht lange. Er drehte sich um und schlug dem Jungen mit aller Kraft ins Gesicht. Seine geballte Faust traf dessen Nase, ein hässliches Knacken war zu hören. Sofort strömte Blut hervor. Der Junge sah ihn fassungslos an, wich dann aber zurück und auch die anderen Kinder hielten jetzt Abstand. Ollin konnte in Ruhe seinen Wasserkanister füllen und dann von der Pumpe zurücktreten. Ihm entgingen die Blicke der anderen Kinder nicht, in den Augen des Jungen, den er verletzt hatte, las er sogar blanken Hass, doch darum konnte er sich jetzt nicht kümmern.

»Das war Caio«, sagte das Mädchen. »Er ist der Anführer.«

Ollin zuckte mit den Achseln.

»Mein Anführer ist er bestimmt nicht«, gab er gleichmütig zurück und machte sich auf den Weg zurück zu Pedros Hütte, wo Mirtha bereits auf ihn wartete.

Vitor kam erst spät am Abend zurück. Den ganzen Tag verbrachte Ollin gemeinsam mit Mirtha in unruhiger Anspannung. Pedro und seine Familie machten keinen Hehl aus ihrer Ablehnung gegenüber den Neuankömmlingen und Ollin hoffte, dass sie diese elende Hütte so schnell wie möglich verlassen konnten.

Als Vitor kurz vor Mitternacht hereinkam, war sein Gesicht grau vor Erschöpfung und Müdigkeit, doch er lächelte.

»Ich habe den Job«, sagte er und Mirtha faltete die Hände und betete ein Dankesgebet. Ollin nickte stumm.

»Vor der Fabrik gibt es einige Hütten und eine ist frei geworden. Der Besitzer ist verstorben.«

Vitor verzog das Gesicht zu einer gequälten Grimasse. Mirtha hielt in ihrem Gebet inne und sah ihren Mann fragend an.

»Er ist gestorben? An was?«

Ollin wusste, dass sie sich davor fürchtete, in Kontakt mit den Geistern von Verstorbenen zu kommen. Man zog nicht einfach in das Haus eines Fremden, wenn dieser gerade gestorben war.

Vitor hob abwehrend die Hand.

»Ein Unfall«, sagte er und Ollin konnte genau erkennen, dass es damit mehr auf sich hatte, als Vitor zugeben wollte, doch die wichtigste Nachricht war, dass sie nicht länger mit Pedro und seiner Familie zusammenleben mussten.

»In der Fabrik wird auch eine neue Putzfrau gesucht«, sagte Vitor zu seiner Frau. »Ich habe ihnen gesagt, dass du morgen mit mir kommst.«

Er straffte seine Schultern und sah seinen Bruder an. Nie zuvor hatte Ollin diesen Blick in den Augen seines Ziehvaters gesehen und plötzlich fröstelte ihm. Ohne ein weiteres Wort packten sie ihre Sachen und verschwanden aus dem Slum von Ecudandos.

Die Stadt Manaus lag mitten im Regenwald. Der einzige Weg, sie zu erreichen, war mit dem Flugzeug oder mit einem der Flussdampfer. Mehrere tausend Kilometer in alle Richtungen gab es nichts als den Dschungel und wer aus den umliegenden Dörfern ein Krankenhaus brauchte oder einen Behördengang zu erledigen hatte, kam hierher.

Hatte Ollin den Hafen bei seiner Ankunft noch verabscheut, so lernte er diesen Ort innerhalb kürzester Zeit sehr zu schätzen, denn er verband ihn direkt mit dem Regenwald. Hier kamen Menschen an, die so waren wie er, sie erzählten ihm, was sich tief im Urwald zutrug und sprachen seine Sprache.

Inzwischen waren sie seit drei Jahren in Manaus. Noch immer hatte er sich nicht an die Stadt gewöhnt, kam sich vor wie ein

Fremdkörper, doch sie machte ihm keine Angst mehr.

Vitor hatte den Job in der Konservenfabrik nicht lange behalten. Beinahe jeden Tag kam es dort zu schrecklichen Unfällen, bei denen Arbeiter verletzt oder sogar getötet wurden und Mirtha hatte ihren Mann angefleht, die Fabrik zu verlassen. Sie hausten in einer Hütte, die diesen Namen kaum verdiente, und Ollin hoffte jeden Tag, dass Vitor und Mirtha sich entscheiden würden, Manaus wieder zu verlassen und zurückzukehren in den Wald, doch das geschah nicht. Schließlich hatte Vitor einen anderen Job in einer Flaschenabfüllfabrik gefunden, wo es weniger gefährlich zuging. Sie verließen den Slum vor der Konservenfabrik und zogen in ein Stelzenhaus unweit des Hafens, das deutlich besser ausgestattet war als die verdreckte Hütte.

Ollin ging in eine der Missionsschulen. Sie wurde von den Mormonen betrieben, die Ollin um einiges freundlicher vorkamen als die Katholiken. Sein Lehrer, John Weedley, war ein freundlicher Mann, der nicht weniger als sechs Kinder hatte, alle rothaarig und mit Sommersprossen. Schnell hatte er erkannt, dass Ollin eine schnelle Auffassungsgabe und den Willen zum Lernen besaß und förderte ihn. Die anderen Kinder aus den Slums gingen nicht gerne zur Schule. Häufig schwänzten sie und trieben sich in der Stadt herum, sie bettelten oder arbeiteten für eine der Gangs, die die Stadt unter sich aufgeteilt hatten. Es ging um Diebstähle, um Drogen und um Prostitution. Mirtha flehte Ollin jeden Tag an, sich von diesen Gruppen fernzuhalten und Ollin tat es. Er verabscheute ihre plumpe Gewalt, die hässlichen Tätowierungen und die Dummheit, die aus den Gesichtern der führenden Köpfe der Gangs sprach. Er verstand nicht, wie Menschen, die offenkundig so wenig Verstand besaßen, über so viel Einfluss verfügen konnten.

Er blieb lieber allein. Dann saß er am Hafen, sah dem Kommen und Gehen der Flussdampfer und Schifferboote zu und lauschte den Unterhaltungen der Fischer und Bootsführer. So war er stets mit Neuigkeiten aus dem Dschungel versorgt.

Wenn er nicht direkt am Hafenbecken saß, dann trieb er sich bei den Telefonzellen herum, die sich vorne am Eingang des Hafens vor dem zweistöckigen Gebäude aus der Kolonialzeit befanden und sammelte die leeren Telefonkarten auf, die die Menschen dort zurückließen. Von hier aus riefen sie die Verwandten an, wenn sie in der Stadt ankamen oder man verabredete sich zu einem Treffen am Hafen, für eine Übergabe, ein Rendezvous oder eine andere Angelegenheit.

Am Rande des Hafens befand sich eine große Baustelle, an der eine neue, moderne Containeranlage gebaut wurde. Die meisten Schiffe kamen von den Städten Belém und Santarém hier an und brachten zahlreiche Touristen mit, die sich entlang des Hafens mit den Touristenführern trafen.

Es gefiel Ollin, den Stadtführern zuzuhören, auch wenn er ihre Erzählungen bereits in- und auswendig kannte. Gerade formierte sich wieder eine neue Gruppe. Es war zehn Uhr morgens, die Touristen brachen früh auf, bevor es in der Stadt zu heiß wurde.

»Guten Morgen«, begrüßte der Mann mit der gelben Fahne in der Hand die Touristen, die in Shorts und mit Kameras bewaffnet darauf warteten, dass es endlich losging.

»Willkommen in Manaus, der Stadt der Widersprüche. Sie steht wie keine andere für die historische Vielfalt Brasiliens und des Amazonas-Gebietes. Vor 500 Jahren befand sich hier, wo wir stehen, eine kleine Indianersiedlung des Stammes der *Manaó*, denen zu Ehren die Stadt in späterer Zeit ihren Namen erhielt. Manaus heißt so viel wie Große Mutter. Der Anfang der Stadt, wie wir sie heute kennen, liegt in der Eroberung durch die Portugiesen. Einige von ihnen waren 1541 unter Gonzalo Pizarro und seinem General Francisco de Orellana aufgebrochen, um das sagenhafte Goldreich *El Dorado* zu finden. Wer sich ein wenig mit Geschichte auskennt, weiß, dass diese Expedition in einem Desaster endete. Fast alle 4000 Männer kamen um, nur etwa 80 kehrten zurück, unter ihnen Orellano, der dabei gewesen war, als man den Amazonas-Strom und mit ihm den Stamm der *Manaó* entdeckte. Die Begegnung war alles andere als friedfertig, denn die *Manaó* waren ein kriegerisches Volk und kämpften erbittert gegen die bereits durch Hunger, Krankheiten und Wahnsinn dezimierten Portugiesen. Einige Jahre später wollte Orellana mit 100 sehr geschickten Degenfechtern des spanischen Hochadels zurückkehren, um das Siedlungsgebiet der *Manaó* für Portugal zu erobern, das Schicksal dieser Männer ist ungewiss, denn man hörte nie wieder von ihnen, hier in Manaus kamen sie niemals an.«

Der Touristenführer machte eine kurze Pause, um seine Worte wirken zu lassen, und nahm einen Schluck aus seiner Wasserflasche, während ihn die Anwesenden erwartungsvoll anschauten.

»Es sollte bis in das Jahr 1669 dauern, bis sie in Manaus die kleine Festung *São José do Rio Negro* errichteten, die in der Folge immer wieder von Indio-Stämmen aus der Umgebung angegriffen wurde. Viele der portugiesischen Soldaten kamen dabei um. Um die Indios zu befriedigen und auf den rechten Pfad zu führen, kamen auch Missionare, namentlich die Jesuiten und Carmeliter. Im Centro, im Stadtzentrum, werden wir später noch die Kirche *Nossa Senhora da Conceição*, die von den Indios im Auftrag der Jesuiten errichtet wurde, betrachten.

Seinen heutigen Namen erhielt Manaus erst Anfang des 19. Jahrhunderts, da war der Stamm der *Manaó* bereits nahezu ausgerottet. 1899 wurde das Gebiet dieser Provinz, Alto Amazonas, Teil der neuen Republik von Brasilien. Damals lebten hier nur rund 3.000 Menschen, heute sind es fast zwei Millionen. So genau weiß das niemand, denn die Bewohner in den Slums können nur grob geschätzt werden.«

Er zog ein Taschentuch aus seiner Hosentasche und tupfte sich betont langsam die Schweißtropfen von der Stirn. Seine Haut war hell, es war erkennbar, dass kein Indio-Blut in seinen Adern floss und etwas daran störte Ollin, auch wenn er nicht genau bestimmen konnte, was es war. Lag es an der Art, wie er über die Indios und ihre Geschichte sprach? So als sei Ihr Verschwinden nur eine kleine Randnotiz in der Geschichte? Als hätte er Ollins Gedanken gelesen, fuhr der Mann schließlich fort: »Es kam immer wieder zu blutigen Kämpfen zwischen den europäischen Siedlern der Stadt und den umliegenden Indianerstämmen. Die europäischen Siedler hatten vor, aus Manaus so etwas wie das Paris des Amazonas zu machen. Viele Gebäude und sogar die Struktur der Stadt erinnern an die Metropolen Europas.«

Die Touristen ließen interessiert ihre Blicke schweifen, obwohl der Hafen von Manaus nur wenig kolonialen Charme bot.

»Gegen Ende des 19. Jahrhunderts setzte der Kautschukboom ein und Firmen wie Dunlop oder Michelin investierten in die Kautschukgewinnung im Amazonas. Sie werden es vermutlich nicht glauben, aber für einige Jahre war Manaus die reichste Stadt der Welt. Man baute eine imposante Oper, das Opernhaus im Urwald, das es sogar bis in einen Film geschafft hat, nämlich Fitzcaraldo mit dem notorischen Klaus Kinski. Die Universität wurde eröffnet und die ersten Touristen kamen hierher, in eine der entlegensten Städte der Welt. Bis heute kann man sie nur per Schiff oder Flugzeug erreichen. Sogar eine Straßenbahn baute man, früher als in vielen europäischen Städten. Heute zeugen nur noch einige Schienenreste im Zentrum der Stadt von ihr, denn sie wurde wenige Jahrzehnte später wieder stillgelegt.

Man kann sich das Leben damals hier in Manaus kaum prunkvoll genug vorstellen. Die Reichen trugen die neueste Mode und errichteten riesige Villen. Doch der Reichtum hatte auch eine Schattenseite. Für den Kautschukboom wurden vor allem die Indios ausgebeutet. Das Glück blieb der Stadt nicht hold. Bald schon bauten die britischen Kolonien mehr Kautschuk an als das Amazonasgebiet und Manaus goldene Zeiten waren vorbei. Was folgten waren Elend und Niedergang. Erst kam die Spanische Grippe, dann folgte eine extreme Dürre. Viele Bewohner starben oder zogen Weg. Erst gegen Mitte unseres Jahrhunderts kamen neue Bewohner, diesmal aber aus den umliegenden Dörfern. Sie suchten hier nach Arbeit und richteten sich in den neu entstehenden Slums ein.«

Ollin spuckte aus. Einige der Touristen wurden auf ihn aufmerksam und blickten ihn neugierig an. Er erwiderte ihre Blicke, stumm und trotzig. Es gefiel ihm nicht, wie die Touristenführer aus der Not der Menschen in Manaus nur eine Fußnote machten und es bedauerten, dass der koloniale Charme der Stadt, der auf Krieg, Ausbeutung und Vernichtung der Indios beruhte, verschwunden war. Er verabscheute ihre Ignoranz und ihre Herablassung über die Ureinwohner. Die weiße Hautfarbe der Touristen war für ihn längst zu einem Symbol dieser Haltung geworden. »Dekadenz« war das Wort dafür, wie er in der Schule gelernt hatte und er mochte es. Es hatte den richtigen Klang für diese Sorte Menschen, deren Wohlstand auf nichts anderem als der Ausbeutung anderer beruhte, die sie einfach ignorierten.

»Doch es gibt auch Lichtblicke. Manaus hat heute einen modernen Flughafen, den Containerhafen und einige wichtige Industriezweige. Obwohl die Armut in der Stadt unübersehbar ist« – der Touristenführer schaute zu den Straßenkindern einige Meter entfernt, die mit einer Dose Fußball spielten und auf eine Gelegenheit zu betteln oder etwas zu stehlen warteten, – »ist Manaus eine moderne Weltstadt, mitten im Dschungel.«

Der Mann schnaufte und tupfte sich erneut den Schweiß ab. Nicht zum ersten Mal fragte sich Ollin, weshalb die Weißen unablässig schwitzten und über das Klima im Urwald klagten. Ständig war es ihnen zu »heiß« und zu »feucht«. Er kannte zwar Schnee aus dem Fernsehen, doch er konnte sich nicht vorstellen, wie die Luft andernorts sein mochte.

»Zahlreiche Großprojekte sollen nach dem Credo der Stadt – *Ordem e Progresso* – Ordnung und Fortschritt – Manaus bereit für das 21. Jahrhundert machen. Eine Brücke über den Rio Negro soll auch die gegenüberliegende Uferseite erreichbar und bewohnbar machen, eine neue, unterirdische Metro soll gebaut werden. Sie sehen, es geht vorwärts in dieser Stadt. Wenden wir uns also unserem eigentlichen Ziel, dem Stadtzentrum...«

»Schau sie dir an, wie sie sich unbehaglich fühlen, hier draußen in der Wildnis. In Manaus lässt sich ahnen, dass der Firnis der Zivilisation sehr dünn ist«, hörte Ollin hinter sich eine heisere, brüchige Stimme. Er drehte sich überrascht um und blickte in das Gesicht eines älteren Mannes mit einem sehr hellen Bart und dunklen Augen. Er trug einen altmodischen Anzug und einen Hut, der in einem alten Schwarz-Weiß Film einem Schurken gehört haben könnte.

»Du magst sie nicht, hm?«, fragte er Ollin und zwinkerte ihm wohlwollend zu, während er sich eine Zigarette ansteckte und sein Feuerzeug mit gekonntem Schwung wieder zuschnappen ließ. Ollin starrte den Mann an, unfähig zu antworten.

»Keine Sorge, ich auch nicht. Die verfluchten Europäer haben noch keinem Teil der Erde irgendetwas Gutes gebracht, glaube mir, ich kenne mich damit aus.«

Genüsslich inhalierte er den Rauch seiner Zigarette und betrachtete Ollin neugierig, aber nicht unfreundlich.

»Woher kommst du?«

Ollin kniff die Augen zusammen und sah den Mann stumm an. Es konnte nichts Gutes heißen, wenn einer wie er einen Jungen hier am Hafen ansprach, davor hatte ihn Vitor immer wieder eindringlich gewarnt.

»Keine Sorge, Junge, ich bin keiner von den widerlichen weißen Männern, die sonst so hierherkommen, um euch zu verführen. Ich bin von einer anderen Sorte«, erklärte der Mann. Zu gern hätte Ollin erfahren, zu was für einer Sorte er dann gehörte, doch in diesem Moment klemmte der Mann seine Zigarette in seinen Mundwinkel und hielt Ollin seine ausgestreckte Hand hin.

»Ich bin John«, sagte er.

Ollin war so perplex, dass er die Hand ergriff. Sie fühlte sich trocken an, fast wie Pergament.

»Ollin«, sagte er.

»Freut mich, Ollin. Ich habe dich schon ein paar Mal hier gesehen. Du magst den Hafen, nicht wahr?«

John schien keine Antwort zu erwarten, denn er sprach einfach weiter: »Ich mag ihn auch. Das Kommen und Gehen, all die vielen verschiedenen Menschen hier, die ankommen und dann von der Stadt verschluckt werden. Wohin gehen sie? Das frage ich mich oft.«

Ollin biss sich auf die Zunge. Er wollte nicht mit dem fremden Mann sprechen, auch wenn er ihn nicht unsympathisch vorkam. Es geschah selten, dass ihm außerhalb der Schule ein Erwachsener seine Aufmerksamkeit schenkte und etwas an diesem Mann faszinierte ihn, auch wenn er nicht genau benennen konnte, was es war.

»Du sammelst Telefonkarten, richtig?«

Ein Schreck fuhr durch Ollin. John musste ihn tatsächlich beobachtet haben, ohne dass er es bemerkt hatte.

John lachte.

»Nicht erschrecken, ich will dir nichts tun, das habe ich dir doch schon erklärt. Im Gegenteil, ich möchte dir ein Geschäft vorschlagen, von dem wir beide profitieren.«

Ollin verschränkte die Arme vor der Brust.

»Und das wäre?«, fragte er nicht ohne Interesse. Wie jeder Jugendliche aus den Slums konnte er das Geld gut gebrauchen, auch wenn Vitor in der Flaschenfabrik einem festen Job nachging, doch er wusste ebenso, dass Jobangebote dieser Art nur selten etwas Gutes bedeuteten.

»Sammle leere Telefonkarten und bringe sie mir, nicht nur hier, sondern auch im *Centro*«, erklärte John. »Ich habe nicht weit von hier einen kleinen Laden.«

Er deutete in Richtung Innenstadt.

»Ein Laden für…?«, fragte Ollin, noch immer misstrauisch.

»Alles Mögliche. Dinge, die andere nicht mehr brauchen, oder deren Wert sie nicht erkennen.«, antwortete John leichthin. Darunter konnte Ollin sich nichts vorstellen.

»Altes, Gebrauchtes, Antiquitäten. Ich mag alte Dinge. Sie tragen die Geschichte der Menschen in sich, sogar, wenn diese sich nicht mehr an sie erinnern.«

Ollin legte den Kopf schief und betrachtete nun seinerseits den Mann neugierig. Er sprach Portugiesisch mit einem harten, europäischen Zungenschlag, sein Gesicht war feingeschnitten und von vielen Falten durchzogen. Einige erzählten von Lachen, andere von großem Leid. Normalerweise fiel es Ollin leicht, im Gesicht eines anderen zu lesen, doch bei diesem Mann war das alles andere als einfach.

»Also, sind wir im Geschäft?«, wollte John wissen.

Etwas in Ollin riet ihm, vorsichtig zu sein. John wirkte freundlich und aus seinen Augen strahlte Wärme, doch ihn umgab eine Aura aus Geheimnis und Trauer, wie sie Ollin nie zuvor bei einem Menschen wahrgenommen hatte, so als hätte er etwas so Furchtbares erlebt oder getan, dass er für den Rest seines Lebens in jeder wachen Sekunde daran denken musste. Ein großes, trauriges Geheimnis lauerte in seinem Inneren und warnte Ollin, wachsam zu sein und sich nicht leichtfertig auf John einzulassen.

Andererseits hatte Mirtha vor kurzem ihren Job als Putzfrau verloren. In der letzten Zeit sprach sie immer öfter von Engeln und Dämonen, sie führte Selbstgespräche und verhielt sich seltsam. Die Frau, bei der sie vormittags geputzt und den Haushalt gemacht hatte, hatte zu Vitor gesagt, dass ihr Mirtha unheimlich war und sie sie nicht länger in der Nähe der Kinder haben wollte. Seither war Mirtha zu Hause. Wenn sie nicht betete, dann saß sie vor der Hütte und starrte mit aufgerissenen Augen in das Leere, während ihre Lippen Worte formten, die nur sie verstand. In manchen Nächten wachte sie schreiend auf oder weinte stundenlang, während Vitor, übernächtigt und erschöpft nach einem langen Arbeitstag, beruhigend und mit wachsender Verzweiflung auf sie einredete. Ollin wusste, dass sie krank war, ihre Seele war krank, und dass er sie nicht allein lassen sollte, doch er ertrug es immer weniger, mit ihr zu Hause zu sein und trieb sich lieber draußen herum, auch wenn Vitor ihm das eigentlich verboten hatte. Das Geld war knapp seit einigen Wochen, immer öfter lebten sie von der Hand in den Mund. Mirtha brauchte einen Arzt, Medizin, gutes Essen. Ein wenig zusätzliches Einkommen konnten sie gut gebrauchen und immerhin war er kein kleines Kind mehr. Bald würde er ein Mann sein und als solcher seine Verantwortung übernehmen. War es da nicht ratsam, ein Angebot wie Johns anzunehmen, das sich ihm so ganz unverhofft anbot?

Ollin überlegte kurz, dann nickte er.

Ein Lächeln zog über Johns Gesicht, das Ollin ein wenig an einen Haifisch erinnerte. John zog einen Geldschein aus der Tasche und hielt ihm Ollin hin, der ihn verdutzt ansah, ohne danach zu greifen.

»Na, nimm schon. Ein Junge wie du kann doch immer Geld gebrauchen. Betrachte es einfach als Vorschuss auf die erste Lieferung von Telefonkarten. Und wenn du mitbekommst, dass jemand etwas zu verkaufen hat, einen alten Schrank, ein paar Bücher oder Dinge, die jemandem gehört haben, der jetzt tot ist, dann kommst du und sagst mir Bescheid, ok?«

Wieder nickte Ollin und das Lächeln auf Johns Gesicht wurde noch eine Spur breiter. Dann tippte sich der alte Mann zufrieden an den Hut und sagte zum Abschied: »Frag einfach nach John, wenn du in die Stadt gehst. Jeder hier kennt meinen Laden. Ich erwarte die erste Lieferung bis Ende der Woche.«

Mit diesen Worten ging er davon, ein hagerer, nach vorn gebeugter alter Mann, der das rechte Bein ein wenig nachzog, so als sei es einmal gebrochen gewesen, und verschwand schließlich in der Menge.

Ollin blieb ein wenig ratlos zurück und starrte auf seine schmutzigen Zehen, die in Sandalen steckten, die ihm viel zu groß waren.

»Pass bloß auf mit dem«, sagte jemand. Ollin schaute sich um und entdeckte einen Jungen, den er aus der Missionsschule kannte. Schulen in Manaus kosteten Geld und nur die Padres waren bereit, die schmutzigen Straßenkinder zu unterrichten, häufig gegen eine Gegenleistung, über die niemand gerne sprach. Ollin überlegte, wie der Name des Jungen war. Er war ein wenig jünger als er, aber in Manaus aufgewachsen und sprach den typischen Slang der Slums.

»Miguel«, sagte der Junge, als habe er Ollins Gedanken erraten.

»Du bist Ollin, nicht wahr?«, fragte er und kam neugierig ein wenig näher. Sein tiefschwarzes Haar stand ungekämmt in wilden Strähnen von seinem Kopf ab, seine Gesichtszüge waren ebenmäßig und von beeindruckender Schönheit. Er sah aus wie einer jener Jungen, die die Padres und die anderen Männer hier am Hafen besonders gern mochten. Ollin fragte sich, ob das der Grund war, weshalb der Junge sich hier herumtrieb.

»Kennst du John?«, fragte er Miguel. Dieser zog geräuschvoll die Nase hoch und spuckte dann einen zähen Schleimbrocken auf den Asphalt.

»Ja.« Seine Augen wieselten unruhig hin und her.

»Weshalb soll ich aufpassen bei ihm?«, fragte Ollin weiter, der hoffte, Miguel könnte ihm erklären, was ihn an John so beunruhigte. Doch der Jüngere zuckte mit den Schultern.

»Er ist nicht so einer«, sagte er schließlich und machte eine vage Handbewegung. Ollin wusste dennoch, was er meinte.

»Er ist schon in Ordnung. Aber John spielt gerne Spielchen.«

»Was für Spielchen?«, hakte Ollin nach.

Miguel druckste herum.

»Na, Spielchen halt. Er testet die Menschen gerne, das macht ihm Spaß.«

Ollin runzelte die Stirn.

»Wie meinst du das?«

»Naja, es ist so, als wollte er die Seelen der Menschen prüfen, so wie ein...« – er suchte eine Weile nach dem richtigen Wort, »wie ein böser Engel.«

Ollin biss sich auf die Unterlippe. Obwohl er noch immer nicht genau wusste, was Miguel damit meinte, ahnte er, dass diese Worte gut auf John zutrafen.

»Aber er zahlt«, sagte Miguel und dabei hellte sich seine Miene auf. »Sogar sehr gut.«

»Na, das ist doch alles, was ich wissen muss«, sagte Ollin und klopfte Miguel aufmunternd auf die Schulter.

»Hast du Hunger?«, fragte er, denn Miguel sah sehr hungrig aus. Der Junge machte ein gequältes Gesicht, dann nickte er verschämt und senkte den Kopf.

»Komm, wir gehen zu mir. Meine Mutter hat bestimmt gekocht«, sagte Ollin.

Gemeinsam gingen sie in Richtung Osten, wo sich ihre Hütte befand. Inzwischen war es Abend geworden, ein lauer, angenehmer Windhauch wehte durch die überfüllten Gassen Manaus. Die Fisch- und Gemüsehändler waren verschwunden, dafür standen nun die Frauen an den Straßenecken. Sie alle trugen kurze Röcke, die ihre Unterschenkel fast bis zur Hüfte freiließen, darunter Strumpfhosen mit Netzmuster und hohe Schuhe, mit denen sie auf den unebenen Straßen häufig stolperten. Die meiste Zeit standen sie einfach nur herum, rauchten und unterhielten sich. Ihre Gesichter waren stark geschminkt, einige trugen sogar Perücken in Blond oder Rot, das in starkem Kontrast zu ihren dunkelhäutigen Gesichtern stand. Wenn ein Mann kam, und sie ansprach, verschwanden sie nach einer kurzen Unterhaltung mit ihm in eine der kleinen Gassen oder einen Hinterhof, manchmal auch in eine der Absteigen rund um den Hafen, um nach wenigen Minuten mit verändertem Gesichtsausdruck wieder aufzutauchen und an ihren Platz zurückzukehren.

Mirtha hasste diese Frauen. Sie nannte sie »gefallene Frauen« oder auch »Huren Satans«. Für sie waren die Frauen, die für Geld mit den Männern mitgingen, Symbole für die Sündhaftigkeit Manaus, der übersprudelnden und undurchsichtigen Metropole, deren Regeln sie nicht verstand.

Als Ollin mit Miguel ihre Hütte erreichte, erkannte er, dass er einen Fehler gemacht hatte. Mirtha saß mit ausdruckslosem Gesicht vor der Hütte, in ihren vom Nikotin gelb verfärbten Fingern hielt sie eine erloschene Zigarettenkippe und ihre spröden, aufgesprungenen Lippen bewegten sich zu einem lautlosen Gebet. Das

Rauchen hatte sie sich in Manaus angewöhnt, wegen ihrer Nerven.

Die Hütte lag im Dunkeln, kein Feuer brannte und kein Topf stand auf dem Ofen.

»Hast du Essen gekocht?«, fragte Ollin. Mirtha gab ihm keine Antwort, sie schien gar nicht zu bemerken, dass er vor ihr stand und sie ansprach.

»Mirtha«, rief Ollin lauter und packte sie an den Schultern. Da schrie Mirtha auf, als habe sie den Leibhaftigen gesehen und schlug mit beiden Händen um sich. Entsetzt ließ Ollin sie los. Sein Blick fing den von Miguel auf, der vor Schreck einen Satz zurückgemacht hatte. Scham überfiel ihn, ein Gefühl, welches er selten empfand. Er wollte nicht, dass Miguel etwas Falsches über Mirtha dachte, die Frau, die ihn mit so viel bedingungsloser Liebe bedacht hatte, als er mehr tot als lebendig aus dem Dschungel aufgetaucht war, die schrecklichen Bilder des Massakers an seiner Familie und dem Dorf noch vor Augen.

»Ist schon gut, Mirtha«, sagte er sanft und strich ihr über die Wange. »Alles wird gut werden, hörst du? Ich verdiene jetzt Geld und du kannst dich ausruhen, einfach gesund werden, ok? Das wird schon werden, du wirst sehen.«

Er wechselte einen Blick mit Miguel. Dann zog er einen Geldschein, den er von John erhalten hatte, aus seiner Tasche und hielt ihn vor Mirthas Gesicht.

»Ich habe Geld, siehst du?«, sagte er. Mirtha blinzelte, so als erwache sie aus einem langen und tiefen Schlaf. Ein Strahlen trat auf ihr Gesicht, das Ollin noch mehr Angst machte als die vorherige Leere in ihren Augen.

»Du bist es, du bist der Messias. Große Mutter Gottes, Vater im Himmel, ich danke dir, denn ihr habt Jesus, den süßen Erlöser, an meine Tür geschickt.«

Ollin seufzte. Hilflos tätschelte er Mirthas Schulter, dann drehte er sich zu Miguel um und sagte: »Los, lass uns sehen, ob wir noch etwas Gemüse und Fisch auftreiben können, dann können wir essen.«

Mit diesen Worten gingen die beiden Jungen davon, durch die Dämmerung, die von den Dächern auf die Straßen Manaus herabfiel wie ein wildes Tier im Dschungel. Wer sie zusammen sah, hätte auf die Idee kommen können, dass sie Brüder waren, der eine groß, muskulös für sein Alter, mit Augen, die für ein Kind schon viel zu viel gesehen hatten, der kleinere drahtig und zäh, mit kindlicher Angst in seinen Zügen, doch großer Güte. Wenn Ollin sich später an jenen Tag erinnerte, dann wusste er stets, dass in diesem Augenblick sein Leben eine entscheidende Wendung genommen hatte, ohne, dass er sich dessen bewusst gewesen war.

Kapitel 4

»Na los, schieß doch!«, brüllten die Männer.

Dicke Rauchschwaden hingen in dem kleinen Café, in dem rund 50 Männer um kleine Tische und am Tresen saßen und das Spiel verfolgten. Es war ein Derby zwischen zwei Mannschaften aus Manaus. Manaus war, wie jede andere Stadt in Brasilien, fußballverrückt, auch wenn keine der Mannschaften Weltklasse besaß. Die Anhänger des jeweiligen Clubs waren leidenschaftliche Fans, die jedes Spiel mit Feuereifer verfolgten, in den Stadien, auf den Straßen und in den Cafés. Bei jedem Tor waren entweder laute Jubelrufe oder Schreie der Empörung zu hören. Die Kinder draußen auf den Straßen wussten dann, welche Mannschaft gerade den Sieg einfuhr und welche verlor. Ollin liebte Fußball. Schon als Kind hatte er gern gespielt, in den schmutzigen Straßen der Slums. Seine Beine waren flink, seine Reaktionen schnell und er liebte den Wettbewerb.

Sein Volk, die Baniwa, hatten das Ballspiel für etwas Heiliges gehalten, das Spiel der Götter. Sieger oder Verlierer galten als von den Göttern begünstigt. Wer das Spiel gewann, der gewann auch im Spiel des Lebens. Man spielte nicht nur um Sieg oder Niederlage, sondern auch um Glück, um gutes Wetter, eine gute Ernte, reichen Fischfang, den Segen der Götter, die Heilung einer Krankheit oder eine harmonische Ehe.

Ollin wusste, dass sich hier kaum jemand an den Ursprung des brasilianischen Fußballfiebers erinnerte, daran, dass einst alle Völker aus den Urwäldern Südamerikas das heilige Spiel spielten, die Maya, die Inka und viele mehr, doch er erinnerte sich daran, auch wenn die meisten seiner Erinnerungen allmählich verblassten. Er versuchte, sich dagegen zu wehren, sie aufzuschreiben, zu malen, auf Tonbändern aufzunehmen, doch es nutzte ihm nichts. Sie verschwanden, rutschten an den Rand seines Bewusstseins und lösten sich dann auf. Erinnerungen konnte man allein nicht bewahren, das wusste er, und dennoch wehrte er sich mit aller Kraft. Es war das Letzte, was ihn noch mit seiner Heimat, seinem Dorf und seiner Familie verband.

»Verflucht!«, schrie der Mann neben ihm und alle um ihn herum brachen in lautes Wutgeheul aus. Die Mannschaft, für die die meisten hier schwärmten, hatte 2:0 verloren, obwohl sie der Favorit gewesen war. Sofort bestellten die Männer noch mehr Bier, Rum und vor allem Tequila. Das taten sie immer. Ein Sieg wurde gefeiert, eine Niederlage gefeiert, in jedem Fall aber floss viel Alkohol.

Ollin stand auf und trat aus dem Café in die gleißende Nachmittagssonne. Seine Füße steckten in losen Sandalen, seine durchtrainierten, braungebrannten Beine in beigefarbenen Shorts. Sein helles Hemd war akkurat gebügelt, sein glänzendes, tiefschwarzes Haar war sauber und glatt geschnitten, und jeden Morgen rasierte er den feinen Flaum, der auf seiner Oberlippe wuchs. Vitor hatte ihm gezeigt, wie man das machte.

»Du bist jetzt 14«, hatte sein Ziehvater gesagt. »Fast ein Mann. Und zu den Dingen, die ein Mann können und wissen muss, gehört das Rasieren.«

Dann hatte er etwas Seife in einer Schüssel aufgeschäumt und Ollin vorgemacht, wie man den Schaum mit einem Pinsel in kreisförmigen Bewegungen auf die Wangen und das Kinn auftrug. Danach hatte er die Rasierklinge an einem Lederriemen geschärft, bis ihre Kante glänzte und ihm erklärt, in welchem Winkel man die Klinge ansetzen musste, um sich nicht zu schneiden und dennoch die feinen Barthaare exakt über der Haut abzutrennen. Am Anfang hatte sich Ollin noch häufig geschnitten, winzige, fein blutende Ritze in der Haut, in denen das Rasierwasser brannte, das Vitor bei einem Händler auf dem Markt kaufte, doch inzwischen gelang es ihm nahezu perfekt, sich zu rasieren.

»Ollin, Ollin, da bist du ja! Wir suchen dich schon überall. Los, wir wollen etwas starten.«

Ein schlaksiger, hochgewachsener Junge mit dichten Locken kam auf Ollin zu. Als er die Straße überquerte, spuckte er auf den Boden. Ollin und er begrüßten sich mit einem Handschlag.

»Wo sind die anderen?«, fragte Ollin.

»Da hinten, sie warten auf dich.«

»Was habt ihr vor?«

»Lino hat da hinten einen LKW gesehen, mit lauter Fahrradteilen. Davon können wir am Hafen sicher etwas verkaufen. Bist du dabei?«

Ollin schnalzte mit der Zunge.

»Ich habe nachher noch ein Treffen«, erklärte er.

»Mit dieser komischen Gruppe?« Emanuel warf ihm einen abschätzigen Blick zu.

Ollin nickte. »Ja, morgen wollen wir protestieren.«

Morgen war der 24. Mai, an diesem Tag war im Jahr 1884 die Sklaverei in Manaus abgeschafft worden, jener unrühmliche Teil der Geschichte der Stadt, über die niemand mehr gerne sprach. Diesen Tag wollten sie nutzen, um auf die Abholzung des Urwaldes und die Verbrechen an der indigenen Bevölkerung aufmerksam zu machen, ein großer, schon lange geplanter Protestmarsch.

»Na, komm schon, wir machen das schnell! Zu deiner Gruppe kannst du auch später noch«, überredete ihn Emanuel. Gemeinsam steuerten sie auf die Gruppe von vier oder fünf Jugendlichen zu, die am Straßenrand zusammenstanden und miteinander rangelten. Die meisten von ihnen waren drahtig, relativ mager, braungebrannt und muskulös, nur Lucien war beleibt, dafür groß. Wenn sie früher um die Wette liefen oder vor jemandem davonrannten, der sie verfolgte, ging ihm immer am schnellsten die Puste aus, dafür war er geschickt darin, sich ein gutes Versteck zu suchen und sich dort vor seinen Verfolgern in Sicherheit zu bringen.

Als sie noch jünger gewesen waren, elf oder 12, da hatten sie am Hafen gebettelt. Wenn die Touristen dorthin kamen, um eine Tour auf einem der Amazonas-Dampfer zu buchen oder sich mit einem Touristenführer zu treffen, dann war das eine günstige Gelegenheit, um ein bisschen Kleingeld zu erbetteln. Manchmal hatten sie sich dafür extra etwas Dreck in das Gesicht geschmiert oder ihre Kleider zerrissen, um besonders arm und bedürftig zu erscheinen und dem Bild, das man in anderen Ländern von Kindern aus den Slums hatte, zu entsprechen. Doch inzwischen waren sie zu alt dazu. Niemand verspürte mehr Mitleid, mit einer Gruppe Halbstarker; ihre muskulösen, kraftgeladenen Körper, ihr rangeln, ihr lautes Lachen und das Blitzen in ihren Augen machten den Touristen eher Angst. Eine Gruppe Jungen in ihrem Alter sah nach Ärger aus, das wusste Ollin. Seither bettelten sie nicht mehr, sondern hatten sich auf das Klauen verlegt. Sie klauten Uhren, Kleingeld, hin und wieder eine Tasche oder einen Rucksack, wenn es sich anbot, Zeitschriften, Fahrräder oder was eben sonst noch herumstand.

Dabei hatte ihre Gruppe einen Ehrenkodex. Geklaut wurde nur von Menschen, die der Schaden nicht allzu sehr traf, am besten reiche Ausländer. Die Armen, Mütter mit Kindern, Versehrte und Alte waren stets tabu, möglichst auch die anderen Bewohner aus den Slums. Hier hielt man zusammen und bestahl sich nicht, außerdem konnte das ziemlich viel Ärger bedeuten.

Nicht, dass sie dem Ärger aus dem Weg gegangen waren. Regelmäßig verabredeten sich Gruppen aus den verschiedenen Stadtvierteln zu Straßenschlägereien, dann ging man mit Fäusten, Stöcken und Eisenrohren aufeinander los und es gab das ein oder andere blaue Auge oder eine gebrochene Nase. Ollin hatte anfangs nicht verstanden, welche Freude die anderen Jungen an diesen Schlägereien fanden, doch als er sich das erste Mal eine blutige Nase einfing und daraufhin seinen Widersacher mit einigen gezielten Faustschlägen außer Gefecht gesetzt hatte, hatte er im wahrsten Sinne Blut geleckt und sich lange Zeit mit Vorfreude in diese blutigen Auseinandersetzungen gestürzt. Es hatte ihm gefallen, seine Kräfte zu messen, ältere Jungen zu verprügeln und vor allem sich Respekt auf der Straße zu verschaffen.

Doch dann war etwas geschehen, und seit dem waren Ollin diese Kämpfe zu albern geworden. Es war im letzten Dezember gewesen, zu Beginn der Regenzeit, kurz vor Weihnachten. Er hatte geschlafen, an einem Nachmittag, ganz entgegen seiner Gewohnheit. Seit Vitor in der Fabrik zum Schichtleiter und Vorarbeiter aufgestiegen war, ging es ihnen finanziell deutlich besser, auch wenn sich Mirthas Zustand nie wieder ganz gebessert hatte. Sie litt noch immer unter ihren »Stimmungen«, wie sie es nannte. Sie kamen anfallsartig, aus dem Nichts, dann begann Mirtha zu weinen, sie redete mit sich selbst, die Augen auf etwas gerichtet, das nur sie sehen konnte, und dann betete sie, stundenlang, tagelang, und verbrachte viel Zeit in der kleinen Kirche am Ende der Straße.

Ihre Hütte hatten sie mit dem neuen Geld ausgebaut und verbessert, es gab ein richtiges Dach, einen Abfluss, Strom, einen Fernseher und einen elektrischen Herd.

Ollin war in der Hängematte auf der Veranda eingeschlafen, die Vitor dort für ihn aufgehangen hatte, als er noch ein Kind gewesen war, vermutlich, um ihn an den Urwald zu erinnern, und obwohl er eigentlich zu alt dafür war, legte er sich gerne hinein und hing seinen Gedanken nach. So war es auch an diesem Tag gewesen. Das sanfte Schaukeln und das Prasseln des Regens hatte ihn in den Schlaf gewiegt. Die Luft roch feucht und nach Erde und legte sich wie ein Film über die Haut, die Häuser und den Lehm auf den Straßen.

Er erinnerte sich an den Traum, den er an jenem Nachmittag gehabt hatte, ein seltsamer Traum, ganz anders, als andere Träume, die er sonst hatte. Kaum war er eingeschlafen, befand er sich mitten im Urwald. Die uralten, mächtigen Bäume erhoben sich hoch in den Himmel, wo sie ein dichtes, fast undurchdringliches Dach bildeten. Ihre riesigen Blätter bewegten sich wie Flügel und die vertrauten Geräusche des Dschungels drangen an sein Ohr, das Rufen der Vögel, das Rascheln der Blätter. Er roch den schweren, süßlichen Geruch der verrottenden Blätter auf dem Boden, welche eine feuchte, weiche Schicht bildeten, in denen seine bloßen Füße versanken, den betörenden Duft der Blüten und Früchte, den Geruch von Holz, Aas und den Fluss, der in der Nähe vorbeirauschte. Irgendwo im Laub raschelte eine Schlange, ihr geschuppter Leib schlängelte sich dicht an ihm vorbei. Er kannte den Namen dieser Schlange, doch seine Lippen weigerten sich einfach, die Laute zu formen, so als hätte er vergessen, wie man sie aussprach.

Er hatte nach oben gesehen, in die Baumkronen, wo die Affen und die Vögel wohnten, die Fledermäuse und all die anderen Tiere auf den Bäumen und ein starkes Gefühl der Angst hatte ihn überfallen, jäh und unerwartet, ohne erkennbare Ursache. Plötzlich hatte sich der Himmel verdunkelt, die Sonne war verschwunden und die Schatten zwischen den Bäumen waren auf ihn zugejagt. Dann waren die Vögel aufgeflogen, mit aufgeschrecktem Geschrei, so als näherte sich ein Raubtier, und als er sich umgedreht hatte, hatte er auf einmal sein Dorf gesehen. Das Bild war diesmal ganz klar gewesen, nicht so verschwommen, wie in seinen Erinnerungen. Er hatte die Hütten gesehen, und die Menschen, die zwischen ihnen umherliefen. Sie liefen nicht, sie rannten. Sie flohen vor etwas, vor der unsichtbaren Gefahr, die den Himmel verdunkelt hatte und dann hatte er ihre Schreie gehört. Ollin wollte loslaufen, zu seinem Dorf, zu seiner Familie, seinen Geschwistern, doch seine Beine waren wie festgewachsen, nur die Angst in ihm, die wurde immer stärker. Sein Herz raste, es hämmerte so laut, dass es alles andere übertönte, sogar die Schreie, und dann stand auf einmal ein kleines Mädchen vor ihm auf dem Pfad, der zum Dorf führte. Es war seine Schwester Safia, sie stand direkt vor ihm und ihre Lippen bewegten sich, sie streckte die Hände nach ihm aus, doch er konnte sie nicht verstehen.

»Safia«, schrie Ollin. »Safia!«

Seine eigenen Schreie hatten ihn aufgeweckt. Schweißgebadet hatte er sich auf der Veranda wiedergefunden, doch sein Herz raste noch immer vor Angst. Seither war der Traum immer wieder gekommen, so oft, dass er sich inzwischen fürchtete einzuschlafen, und er dachte wieder jeden Tag an jenen schrecklichen Morgen im Dschungel, als er alles verloren hatte. Auch zuvor hatte er hin und wieder daran gedacht, doch es war mehr eine verschwommene Erinnerung gewesen, etwas, von dem er wusste, dass es da war, aber an das er lieber nicht mehr dachte, doch nun war alles wieder präsent, so als sei es erst gestern geschehen.

Mirtha und Vitor spürten, dass er sich veränderte, doch er konnte mit ihnen nicht darüber sprechen. Vitor hatte in der Fabrik genug zu tun und Mirtha hatte ihre Stimmungen, außerdem würden sie es ohnehin nicht verstehen, also schwieg Ollin und trug die Last ganz allein mit sich herum. Nur ein einziges Mal hatte er mit seinem Ziehvater über das gesprochen, was er erlebt hatte, damals im Dorf. Vitor hatte ihm zugehört, dabei leise geweint und immer wieder dem Herrn gedankt, dass Ollin überlebt hatte. Dann war er in das Zeitungsarchiv gegangen und hatte nach Berichten gesucht, die von dem Massaker erzählten, doch er hatte nichts gefunden.

Etwa zur gleichen Zeit war in ihm etwas Neues erwacht, ein Zorn, ein rasender, wütender Zorn, der eine drängende Suche nach Gerechtigkeit mit sich brachte. Manaus, Brasilien, der Urwald, die Massaker an seinem Volk und an anderen Indigenen, nichts von all dem war je aufgearbeitet worden und vieles dauerte bis heute an. Früher war es der Kautschuk gewesen, heute war es das Palmöl. Dafür holzten Konzerne den Urwald ab, vernichteten Lebensraum von Pflanzen, Tieren und Menschen und nahmen auf nichts Rücksicht und niemand schien sich dafür zu interessieren. In den Weltmeeren starben die Fische, besonders die Wale, die so einzigartigen und mächtigen Tiere voller Sanftmut und Schönheit, und die Menschheit machte einfach weiter. Nichts daran war gerecht und niemand wollte etwas dagegen unternehmen. Bei dem Gedanken daran ballte Ollin seine Fäuste. Es musste endlich Schluss sein mit der Gier, mit dem Morden, mit dem Ausbeuten von Natur und Erde und all den Toten.

Miguel bog um die Ecke und steuerte direkt auf Ollin zu.

»Kommst du?«, fragte er. Ollin nickte und verabschiedete sich von Emanuel mit einem Kopfnicken. Gemeinsam überquerten Ollin und Miguel die Straße, folgten ihr in Richtung Stadtzentrum.

»Ich war gerade bei John«, sagte Miguel, während er sich eine selbstgedrehte Zigarette anzündete und den Rauch genüsslich einsog. »Er fragt nach dir. Du sollst dich mal wieder blicken lassen.«

Ollin gab ein unentschiedenes Grunzen von sich.

»Was ist los mit dir? Hattet ihr etwa Streit?«, fragte Miguel.

Ollin schüttelte den Kopf.

»Nein, wir haben keinen Streit. Ich habe einfach viele andere Dinge zu tun, diese Bewegung, meine Mutter, du weißt schon.« Er machte eine weit ausholende Handbewegung, die die halbe Stadt miteinschloss.

»Ja, aber du wirst doch für den alten John noch einmal die ein oder andere Minute erübrigen können«, entgegnete Miguel.

»Ok«, lachte Ollin. »Ich gehe ihn bald besuchen, ich verspreche es dir.«

Sie hatten das Gemeindezentrum neben der Kirche erreicht, in dem sich ihre Gruppe regelmäßig traf. Schon von draußen war lautes Stimmengewirr zu hören.

»Ich sage euch, wir müssen die Leute auf die Straße bringen«, rief Vicente gerade, ein hochgewachsener junger Mann Anfang 20, der sich einen kleinen Bart stehen ließ, um etwas verwegener auszusehen. »Nur gemeinsam können wir etwas verändern! Wir müssen mehr werden, viel mehr! Nur dann werden die da oben auf uns aufmerksam und sind gezwungen, etwas zu verändern. Es braucht den Druck von der Straße!«

Zustimmende Rufe waren zu hören.

»Ja, so ist es!«

»Genau!«

Vicentes Wangen röteten sich vor Aufregung. Er stand am Kopf eines länglichen Tisches, auf dem ein wildes Durcheinander an Plakaten, Bannern und Spruchbändern ausgebreitet war, die von einer Gruppe junger Frauen eifrig bemalt wurden.

Der Geruch von Macha-Tee lag in der Luft und irgendwo rauchte jemand einen Joint.

»Blödsinn!«, schrie Bruno, der am anderen Ende des Raumes auf einer durchgesessenen Couch saß und sich gerade eine Zigarette drehte. Er warf sie auf den verschrammten Sofatisch, der einmal eine Bananenkiste gewesen war und sprang auf.

»Die Menschen in den Slums haben nichts zu fressen, ihre Kinder gehen nicht zur Schule und die Männer haben keine Arbeit. Was interessiert sie da der Umweltschutz oder die Wale? Was wir brauchen, ist ein Volksaufstand!«

Wieder war Zustimmung zu hören, einige klatschten sogar. Die Stimmung heizte sich an. Bruno wischte sich erregt mit dem Ärmel seines Hemdes den Schweiß von der Stirn.

»Was für ein Haufen Besserwisser«, murmelte eine Stimme neben Ollin. Er drehte sich um und blickte in die funkelnden Augen eines Mädchens. Sie war nicht sehr groß, mehr als einen Kopf kleiner als er, ihr langes Haar fiel ihr in einer üppigen, wilden Mähne bis weit über die Schultern. Ihre Nase war klein, allerdings ein wenig schief, was Ollin vom ersten Augenblick an entzückend fand.

»So endet die Revolution, bevor sie überhaupt beginnt, weil sich die Männer einmal wieder nicht einig werden können, wer Recht hat.« Sie biss sich auf die Unterlippe und Ollin erkannte in ihr den gleichen Zorn, der auch in ihm brannte. Er wollte etwas antworten, doch der Streit in der Gruppe nahm an Fahrt auf und es wurde sehr laut.

»Hör doch auf mit dem verdammten Marxismus, diese Sache ist tot! Schau dir doch Kolumbien an und die ganzen anderen Dreckslöcher, die sich dem Sozialismus verschrieben haben. Daraus kann nichts Gutes entstehen. Die ganze Welt dreht sich um Geld und Profit, wen interessiert es da, was wir hier in der 3. Welt machen!«

Diese Stimme gehörte Elano, einem untersetzten Mann Ende

20, der schon lange politisch aktiv war und deshalb einen gewissen Zynismus mitbrachte. Sofort brach ein Sturm des Protestes los.

»Du Materialistenschwein!«, erboste sich jemand und fast sah es nach einem handfesten Streit aus, doch in diesem Moment kam Ramiro um die Ecke. Er trug ein buntes, besticktes Band im Haar und auch er hatte einen Bart, allerdings sah er bei ihm sehr viel eindrucksvoller aus. Seine schwarzen Augen blitzten.

»Leute, Leute, hört auf! Wir haben doch alle ein gemeinsames Ziel! Ich bin dafür, dass wir mit der Sitzung beginnen.«

Er nickte den Umstehenden freundlich aber bestimmt zu und gebot ihnen, sich hinzusetzen. Auch Ollin und Miguel setzten sich ganz an das Ende des Tisches. Stühle rückten, vereinzeltes Gemurmel war zu hören, dann waren alle still und schauten zu Ramiro.

»Wie ihr wisst, findet morgen die große Demo statt. Morgen werden wir gemeinsam für den Regenwald, den Artenschutz, die Umwelt und unsere Zukunft auf die Straße gehen. Wir starten gemeinsam am Hafen und marschieren dann in Richtung Stadtzentrum, wo es am *Espaco Cultural Largo de Sao Sebastiao* eine Abschlusskundgebung geben wird. Gehen wir noch einmal die Aufstellung durch...«

Es war bereits dunkel, als die Zusammenkunft endete. Ein strahlender Mond stand hell über der Stadt und die schwülwarme Luft hing schwer über den Dächern. Alle Fenster standen offen und die Menschen saßen vor ihren Häusern und unterhielten sich. Musik wurde gespielt, in den kleinen Buden verkaufte man noch Essen. Ollins Magen knurrte, doch er ignorierte seinen Hunger. Das gehörte zu den Dingen, die sich seit seinem Traum verändert hatten. Er mochte das Gefühl, wenn der Hunger seine Gedanken klar und scharf machte, wie Pfeile, die sein Verstand abschoss und in die richtige Richtung sandte. Gierig sog er die Luft ein, nachdem er so viele Stunden in der stickigen Atmosphäre der Versammlung verbracht hatte. Schon wollte er sich zum Gehen wenden, als er hörte, wie sich hinter ihm die Tür erneut öffnete und das Mädchen herauskam, das vorhin neben ihm gestanden hatte.

Obwohl Ollin sonst nie Mädchen ansprach, ging er auf sie zu.

»Hey«, sagte er, und verfluchte sich sofort für seine Einfallslosigkeit. Doch das Mädchen lächelte.

»Ich weiß, wer du bist«, sagte sie und in ihrem Blick lag etwas, das Ollins Herz höher schlagen ließ.

»Du bist Ollin, der Junge aus dem Urwald. Der, dessen Familie man umgebracht hat. Ich habe deinen Artikel im letzten Newsletter gelesen. Du bist ziemlich gut.«

Ollin sah sie verblüfft an. Mit so viel Lob hatte er nicht gerechnet.

»Ich bin Aline«, sagte sie und grinste. »Wir sehen uns morgen auf der Kundgebung.«

Mit diesen Worten verschwand sie in der Dunkelheit und Ollin blieb mit klopfendem Herzen zurück. Was war da gerade geschehen? Nachdenklich wandte er sich zum Gehen. Bisher hatte er nie verstanden, was die anderen Jungen an den Mädchen fanden, von denen sie schwärmten, doch seit er nun Aline begegnet war, begriff er auf einmal, dass bestimmten Mädchen ein Geheimnis innewohnte, das es zu ergründen galt. Mit einem breiten Grinsen setzte er seinen Weg fort, ohne zu wissen, wohin er gehen wollte. Nach Hause zog ihn nichts.

Miguel war noch bei der Versammlung geblieben, es gab da ein Mädchen, auf das er ein Auge geworfen hatte und dem er imponieren wollte, nach einem kurzen Spaziergang ging Ollin doch nach Hause. Heute war Sonntag und an Sonntagen waren Mirthas Stimmungen besonders wechselhaft. Hinzu kam, dass sich Vitor in der letzten Zeit immer wieder sonntags davonschlich, ohne jemandem zu sagen, wo er sich aufhielt. Vor zwei Wochen war er sogar ein ganzes Wochenende weggewesen und ein Junge vom Hafen hatte Ollin erzählt, dass er gesehen hatte, wie Vitor an Bord eines Flussdampfers gegangen war. Wo ging Vitor hin? Traf er sich mit einer Frau? Darauf hatte Ollin keine Antwort. In der letzten Zeit gab es so viel, das er nicht verstand. Am wenigsten, was mit ihm selbst vorging. Ollin trat gegen einen Stein, der davonflog und mit lautem Scheppern gegen ein Wellblech flog, das jemand zur Abgrenzung seiner Hütte aufgestellt hatte.

Ollin wusste selbst nicht, weshalb, doch plötzlich lenkte er seine Schritte in Richtung des Ladens von John. Obwohl es bereits spät war, brannte dort noch Licht. Durch das Fenster konnte Ollin den alten Mann erkennen, der tief gebeugt über seinem Schreibtisch saß und eine Uhr im Schein einer Schreibtischlampe untersuchte. Als Ollin eintrat, läutete die Klingel, die John über der Tür angebracht hatte. John blickte auf. Als er Ollin erkannte, hellte sich sein Gesicht auf.

»Ollin!«, rief er. »Da bist du ja.«

Ollin kam näher und setzte sich John gegenüber.

»Warum arbeitest du am Sonntag?«, fragte er John.

John zwinkerte ihm zu.

»Ich bin Jude, Ollin, wie oft soll ich dir das noch erklären? Unser heiliger Tag ist der Sabbath, nicht der Sonntag. Das ist für uns ein ganz normaler Arbeitstag.«

Er legte die Uhr beiseite.

»Du bist groß geworden«, sagte er und es klang, als sei er traurig darüber.

»Erzähl mir, was in deinem Leben gerade vor sich geht! Du warst schon lange nicht mehr hier, um mir Telefonkarten und Silbermünzen zu bringen. Triffst du dich nicht mehr mit den Jungen auf der Straße?«

»Nein, ich mache jetzt andere Dinge.

»Was für andere Dinge?«

»Politik. Wir möchten etwas gegen die Umweltverschmutzung machen, gegen die Abholzung des Regenwaldes, all die Morde an den Menschen, die im Wald leben, das Sterben der Tiere in den Wäldern und in den Meeren.«

Ollins Stimme vibrierte vor Erregung, als er darüber zu sprechen begann und John lächelte.

»Wenn ich dich ansehe, Ollin, dann sehe ich mich selbst. Ich kann sehr gut verstehen, was in dir vorgeht.«

Seine Hand wanderte unbewusst zu seinem Unterarm, auf den verwaschen eine Nummer eintätowiert war. Ollin folgte der Bewegung. Er hatte diese Nummer schon viele Male gesehen. John versteckte sie nicht, aber er sprach auch nie darüber.

»Das Unrecht der Welt, die Grausamkeit der Menschen, das ganze Elend, das Morden und das Leiden – wenn man so alt ist wie du, dann kann man das nur schwer ertragen. Man möchte unbedingt etwas dagegen unternehmen. Man will die Welt retten, alle wachrütteln, endlich dafür sorgen, dass es endet. Aber eines Tages kommt der Moment, an dem du erkennst, dass du gar nichts ändern kannst. Die Menschen sind eben schlecht und sie wollen schlecht bleiben.«

Ollin ballte die Fäuste.

»Nein, das stimmt nicht. Die Menschen wollen nicht leiden. Sie möchten in Frieden leben. Sie möchten Freiheit«, widersprach er heftig.

»Ja, das trifft für jene zu, die keine Macht haben. Die hilflos sind. Die unter der Gier und der Grausamkeit zu leiden haben. Doch die meisten Menschen, Ollin, profitieren auf die eine oder andere Weise von dem Bösen. Es ist ein Teil von uns, es wohnt in jedem von uns. Jeder von uns hat eine Schattenseite, ein dunkles Geheimnis, das er vor allen anderen verbirgt. Wir trachten einander nach dem Leben, wir wollen immer, was der andere hat, seine Frau, sein Haus, seinen Job, sein Auto. Man redet uns ein, dass wir dazu bestimmt sind, in Frieden miteinander zu leben, aber glaube mir, Ollin, wir Menschen sind schlimmer als Tiere. Was wir einander antun, im Namen der Kirche, der Gerechtigkeit oder irgendeiner anderen Idee, das würde kein Tier dem anderen antun.«

John zeigte auf die Nummer auf seinem Arm.

»Weißt du, was das ist?«

Ollin schüttelte den Kopf.

»Diese Nummer hat man mir eintätowiert, als ich noch ein Kind war. Damals hat man Menschen wie mich – Juden – zu Nummern gemacht, um sie dann umzubringen, in Lagern, so schlimm, dass kein Mensch, der nicht dort war, sich das vorstellen kann. Ich habe unsägliches Leid gesehen und das Grausamste, was man sich nur vorstellen kann. Meine ganze Familie kam in dem Lager um, meine Schwester, meine Mutter, mein Vater, meine Großeltern. Ich bin der Einzige, der überlebt hat. Die Täter sind heute Richter, Lehrer, Politiker. Niemand wird sie je zur Rechenschaft ziehen, denn das Unrecht, das sie begangen haben, ist so unvorstellbar, dass die Menschen es lieber leugnen, als es anzuerkennen.«

Johns Blick flackerte und Ollin konnte endlosen Schmerz darin lesen.

»Es war ein Ort des Todes, Ollin. Wäre ich nicht dort gewesen, ich würde nicht glauben können, dass es so einen Ort auf der Erde überhaupt geben kann, dass Menschen einander so etwas wirklich antun können. Aber ich war dort. Ich habe es gesehen. Den Hunger, die Krankheiten, die Kälte, die Gaskammern. Ich sah die Berge aus Leichen, ausgemergelte Gestalten.« Der alte Mann schüttelte den Kopf, so als wollte er all seine schrecklichen Erinnerungen abschütteln.

»Weißt du, was Shakespeare einmal geschrieben hat, der englische Dichter und Dramatiker?«

Ollin sah ihn verwundert an. Wie kam John plötzlich auf dieses Thema?

»Die Hölle ist leer, alle Teufel sind hier«, zitierte John. »Ich habe selten etwas gelesen, das so trefflich den Zustand unserer Welt und der Menschheit im Allgemeinen beschreibt.«

Er sah Ollin ernst an.

»Wenn du nach Gerechtigkeit suchst, wird deine Suche niemals enden. Dafür wirst du selbst, deine Träume, dein ganzes Leben in dieser Suche verbrennen. Ich kann den Zorn in dir sehen, Ollin, und ich weiß, wie er sich anfühlt, der unerträgliche Schmerz. Doch ich sage dir, verschwende nicht dein Leben. Du kannst die Vergangenheit nicht ändern, wohl aber deine Zukunft. Wenn du dich dem Kampf für Gerechtigkeit verschreibst, dann verfluchst du dich nur selbst. Finde dich damit ab, was geschehen ist. Du hast viel verloren, doch dein ganzes Leben liegt noch vor dir. Wenn du nicht aufhörst, in den Wunden zu bohren, dann wirst du ihnen erliegen.«

»Ich werde mich damit nicht abfinden«, sagte Ollin entschlossen und stand auf. »Niemals!«

John lächelte. Es war ein trauriges Lächeln, voller Wissen und Wehmut.

»Gib auf deinen Vater acht, Ollin. Ich habe gehört, dass er sich in der Fabrik für die Rechte der Arbeiter stark macht. Er ist ein mutiger Mann, rechtschaffen und gut. Solche Männer leben in einer Stadt wie Manaus immer gefährlich.«

Ollin nickte und verabschiedete sich. Während er nach Hause ging, dachte er über Johns Worte nach und über seinen Traum. Wie konnte sich John einfach mit dem abfinden, was geschehen war?

Warum war er nicht mehr wütend, warum sprach er mit niemandem über das, was er erlebt hatte? Ollin war sich sicher, er würde die Suche nach Gerechtigkeit niemals aufgeben. Das war er seinem Volk und seiner Familie schuldig.

Als er nach Hause kam, spürte er unverzüglich, dass etwas nicht stimmte. Mirtha lag auf den Knien vor der großen Madonna-Statue, die Vitor ihr zu ihrem letzten Geburtstag geschenkt hatte. Sie hatte die Hände gefaltet und betete mit geschlossenen Augen, während ihr die Tränen über die Wangen liefen.

»Mirtha, was ist?«, fragte Ollin und fasste sie an den Schultern. »Wo ist Vitor?«

Mirtha blinzelte, so als erwachte sie aus einem Traum.

»Tot«, sagte sie. »Vitor ist tot.«

Ollin schaute sich um. Von Vitor war nichts zu sehen, auch sonst sah ihr Zuhause genauso aus wie immer.

»Wie kommst du jetzt darauf? Hat dir jemand eine Nachricht geschickt? Ist ihm etwas geschehen? Liegt er im Krankenhaus?«

Mirtha schüttelte den Kopf und brach in lautes Schluchzen aus. Dann deutete sie mit ausgestrecktem Zeigefinger auf die Madonna vor sich.

»Die heilige Mutter Gottes, Spenderin der Gnade, sie hat es mir gesagt. Dein Vater ist tot, Ollin, tot, er liegt irgendwo verscharrt, wo ihn niemand findet und wir sind von nun an allein, während sein Geist durch das Nirgendwo wandert, ruhelos, weil sein Körper nicht in geweihter Erde bestattet wurde.«

Dichte Rauchwolken hingen über dem gerodeten Waldgebiet. Verkohlte Baumstümpfe ragten hervor wie aus einem Szenario für das Ende der Welt. Ganz in der Nähe konnte Vitor die Bagger hören, die heranrückten, um die Erde aufzureißen und umzugraben und dann eine weitere, riesige Plantage anzulegen, in der die Palmen in Reih und Glied standen. Wo einst der Jaguar, die Schlangen, das Tapir und all die anderen wundervollen Tiere des Dschungels entlanggestreift waren, würde bald nur noch eine Monokultur stehen, seelenlos und lebensfeindlich.

»Entsetzlich, nicht wahr? Wie der Mensch unsere Mutter Erde vergewaltigt. Er nimmt und nimmt, er zerstört und reißt ihr Fleisch auf, um sich an ihr zu vergehen. Aber irgendwann wird die Natur zurückschlagen.«

Vitor drehte sich überrascht um. Neben ihm stand eine junge Frau in Khaki-Shorts, das glatte, schwarze Haar zu einem lockeren Zopf nach hinten gebunden. Ihr ebenmäßiges Gesicht war ebenso stolz wie schön und etwas darin kam Vitor bekannt und vertraut vor, ohne, dass er wusste, weshalb.

»Ich bin die Melina«, stellte sie sich vor. »Ich arbeite dort vorne in dieser Forschungsstation, die es jetzt, wo die Palmölkonzerne hier sind, vermutlich nicht mehr lange geben wird. Bald gibt es hier nichts mehr, was wir untersuchen können.«

Ihr Blick wanderte über die Ebene mit dem zerstörten Urwald.

»Jahrtausendelang wuchs hier der Regenwald. Uralte Bäume, einzigartige Lebensräume, Tierarten, deren Namen wir noch nicht einmal kennen und auch nie kennen werden, unzählige Pflanzen und Insekten, die nie ein Forscher gesehen und beschrieben hat, und sie alle verschwinden.«

»Kennen Sie sich hier aus?«, fragte Vitor die junge Frau, zu der er sofort Vertrauen fasste.

Sie lächelte schief.

»Ja, das kann man wohl sagen. Wer sind Sie? Ich habe Sie hier noch nie gesehen.«

»Ich komme aus Manaus. Ich bin hier, weil ich....« Vitor schwieg. Was sollte er der jungen Frau sagen? Die Wahrheit? Dass er hierher kam, seit vielen Wochen schon, wann immer er Zeit fand, um nach Informationen und Antworten zu suchen. Antworten darauf, was vor mehr als sieben Jahren mit dem Dorf seines Ziehsohnes geschehen war, wer verantwortlich war für die schrecklichen Morde an seiner Familie und den anderen Menschen aus seinem Dorf.

Melina blinzelte.

»Lassen Sie uns hier weggehen! Die Aufpasser verstehen keinen Spaß. In der letzten Zeit waren immer wieder Umweltaktivisten da, die die Bulldozer und die Planierraupen beschädigt haben. Die Wächter fragen nicht, sie schießen sofort.«

Vitor nickte und folgte der Frau über einen kleinen Trampelpfad von der gerodeten Fläche zu einem Zelt aus grünen Planen, das gut versteckt in einem noch unberührten Teil des Urwalds lag.

Er ließ sich im Schneidersitz nieder und beobachtete, wie Melina über einem Gaskocher etwas Wasser erhitzte und Tee für sie beide aufsetzte, den sie ihm anschließend reichte.

»Warum sind Sie hier Vitor?«, fragte sie schließlich gerade heraus, während sie beide an ihren Teetassen nippten.

Vitor verschluckte sich und hustete umständlich.

»Ich, ähm, ich suche nach Antworten. Informationen.«

»Informationen über was?«

Ihr Blick bohrte sich förmlich in Vitors Augen.

»Es geht um eine Sache, die vor vielen Jahren hier passiert ist, weiter drin im Dschungel, dort, wo sie jetzt die neuen Plantagen errichten.«

Dabei entging ihm nicht, dass sich Melina bei seinen Worten verkrampfte, auch wenn sie die Regung sofort mit einem Lächeln überspielte.

»Was für eine Sache?«, fragte sie nach.

Vitor überlegte. Konnte er dieser jungen Frau überhaupt vertrauen? Er kannte sie nicht. Andererseits würde er niemals Antworten finden, wenn er keine Fragen stellte.

»Sie können mir vertrauen«, sagte die Frau und lächelte.

»Ich bin keine Forscherin. Ich bin hier, weil ich die Abholzung des Regenwaldes und die Verbrechen der Palmöl-Konzerne dokumentiere. Sie halten sich an keine Gesetze, sie verschmutzen die Umwelt, sie töten Tiere und auch Menschen und niemand schert sich darum. Schauen Sie, hier!«

Sie zog eine Mappe hervor, die Fotos enthielt, in der zu sehen war, wie rücksichtslos die Männer gegen die Natur vorgingen. Ein erlegter Puma hing verrottend in den Bäumen, zertretene Pflanzen, verseuchter Boden.

»Sie bringen Gift aus, um die Insekten und die Erreger im Boden zu töten, bevor sie die verdammten Palmen pflanzen, obwohl das verboten ist. Außerdem überschreiten sie unablässig die zugelassenen Mengen an Abholzung, doch niemand kümmert sich darum, was hier, in den Tiefen des Dschungels geschieht. Deshalb bin ich hier.«

Vitor sah die junge Frau an. Sie saß sehr aufrecht, die braungebrannten Knie übereinander geschlagen, doch als er nun in ihr

Gesicht sah, erkannte er, dass sie viel jünger war, als er sie eingeschätzt hatte, ein Kind beinahe noch. Ihr Mut und ihre Aufrichtigkeit beeindruckten ihn.

»Ist es nicht sehr gefährlich, das zu tun, so ganz alleine?«, fragte er vorsichtig.

Melina lächelte.

»Um mich kümmert sich niemand. Ich bin nur eine Frau, nur ein Mädchen. Die Männer denken, dass sie mit mir schon fertig werden.«

»Warum tust du das hier?«, wollte Vitor wissen. »Weshalb setzt du dich all diesen Gefahren aus? Du bist ein junges Mädchen, solltest du nicht andere Interessen haben? Ausgehen, Tanzen, schöne Kleider tragen? Und was sagt deine Familie dazu, dass du hier ganz alleine im Dschungel bist und die Welt retten möchtest?«

Melina schlug die Augen nieder. Ein Ausdruck tiefer Trauer zog über ihr Gesicht.

»Ich habe keine Familie mehr. Sie sind alle tot.«

Ihre Stimme erstarb.

»Das tut mir sehr leid«, erklärte Vitor rasch und unterdrückte den Wunsch, sie zu berühren, um sie zu trösten.

Melina richtete sich auf und sah ihn mit einer Mischung aus Stolz und Trauer an.

»Sie sind tot, weil die Firma von dem Mann, der dort draußen die Plantage anbaut, sie getötet hat. Sein Name ist Rafael Alves. Zu ihm gehören noch zwei weitere Männer, Carlo Alves und Diego Correia. Sie haben den Mord an meinem Dorf in Auftrag gegeben, im Morgengrauen sind sie gekommen und haben alle umgebracht, die Frauen, die Kinder, die Männer, und dann die Hütten niedergebrannt und die Leichen verscharrt. Niemand weiß davon, niemand wird die Täter je zur Rechenschaft ziehen...«

»Moment, Moment«, unterbrach sie Vitor.

»Du sagst, es hat ein Massaker gegeben? Hier in der Nähe?«

Melina nickte.

»Ja, doch leider finde ich die Stelle nicht mehr. Es war vor sieben Jahren. Mein Volk, die Baniwa, lebt sehr zurückgezogen, es gab nur wenig Kontakt. Die Männer haben alle ermordet, nur ich konnte fliehen und bin dann in einer Missionssiedlung aufgewachsen, wo man Indio-Mädchen wie den letzten Dreck behandelt. Vor sechs Monaten bin ich davon gelaufen und seither sammele ich Beweise gegen die Alves-Brüder und Correia.«

»Mein Ziehsohn, Ollin, er kam auch aus einem Dorf, in dem so etwas geschehen ist, auch er gehört zu den Baniwa!«, entfuhr es Vitor.

Melina sah ihn an. Verblüffung, Überraschung, dann Erkenntnis zeigten sich auf ihrem Gesicht.

»Ollin? Ollin lebt? Mein Bruder lebt? Ich dachte mir schon, dass es sich um das gleiche Massaker...« – weiter kam sie nicht. Die beiden hatten sich so in Rage geredet, dass sie die beiden Männer nicht bemerkt hatten, die sich links und rechts des kleinen Zeltes aufgebaut hatten und nun die Zeltwände mit dem Kugeln aus ihren Maschinengewehren durchsiebten. Vitor starb mit offenen Augen, die Hand an sein Herz erhoben, dort, wo Christus an einem Anhänger um seinen Hals hing, um ihn zu schützen. Melina, die früher einmal Safia geheißen hatte, wurde von einer Kugel durch den Rücken getötet, die ihr Rückenmark durchtrennte. Die Männer, die von Rafael Alves bezahlt wurden, feuerten ihre Magazine leer, anschließend setzten sie das Zelt und die Leichen darin in Brand, so dass niemand sie mehr finden würde.

»Gerade noch rechtzeitig«, bemerkte Diego Correia, als er davon hörte und zufrieden Meldung an Rafael Alves gab.

»Dieser elende Vitor hat hier schon viel zu lange herumgeschnüffelt. Die Kleine war harmlos, mit der hätten wir schon noch unseren Spaß gehabt, aber am Ende wären hier noch eine Menge Leute aufgetaucht und hätten Fragen gestellt. Sie haben sich ihr eigenes Grab geschaufelt. So etwas passiert, wenn sich Menschen in Dinge einmischen, die sie nichts angehen.«

Kapitel 5

»Ollin? Ollin! Hörst du mir überhaupt zu?« Aline streckte ihre Hand aus und berührte Ollin an der Schulter, der gedankenverloren über den Fluss schaute.

»Sie haben ein ganzes Dorf mit Indigenen zwangsweise umgesiedelt, nur um einen Staudamm zu errichten. Der Häuptling des Dorfes war so verzweifelt, dass er sich umgebracht hat.«

Ollin presste die Lippen aufeinander.

»Ich glaube, wir müssen mehr tun. Nicht nur die Wale, der Urwald, auch die Rechte der Indigenen müssen mehr in den Fokus. Es ist an der Zeit...«

Ollin hob den Blick und sah sie an. Die Verlorenheit in seinen Augen ließ sie verstummen.

»Ist alles in Ordnung?« Aline betrachtete ihn sorgenvoll.

»Ja, es ist nur so...« Ollin brach ab. Es wollte ihm nicht über die Lippen kommen.

»Heute vor zwei Jahren, nicht wahr?«, sagte Aline und legte seinen Arm um ihn. Sie neigte ihren Kopf und berührte seine Stirn mit ihrer.

»Dein Vater, der verschwunden ist. Es tut mir leid.«

Ollin erwiderte ihre Umarmung kurz, dann löste er sich und stand auf. Er lehnte sich gegen die Brüstung der Veranda und blickte hinaus auf den trägen, braunen Fluss, der von der Regenzeit noch angeschwollen war und viel Wasser trug. Die Feuchtigkeit intensivierte die Gerüche des Flusses und des Slums, die faulig in seine Nase stachen. Vom Hafen drang der Krach der Baustelle und Containerschiffe zu ihm herüber.

»Wir müssen uns vernetzen!«, griff Aline den Faden ihrer Unterhaltung wieder auf. »Es gibt einige internationale Gruppen, die richtig Druck machen: Petitionen, Demonstrationen, Aktionen. Da müssen wir einfach mitmachen. Wir brauchen Publicity, die ganze Welt muss erfahren, was hier geschieht. Nur dann können wir sowohl den Menschen als auch den Tieren helfen. Es muss endlich Schluss sein mit dem verdammten Raubtierkapitalismus, mit der endlosen Gier, die alles auf diesem Planeten...« Ollin hob die Hand und wandte sich zu ihr um. Alines Augen funkelten. Anspannung lag in der Art und Weise, wie sie ihren Kopf hielt und die Schultern nach unten streckte. Ollin kannte diesen kämpferischen Ausdruck.

Ungerechtigkeit machte Aline wütend und ließ sie diese Haltung einnehmen. Anders als für die meisten Menschen ging es ihr dabei nie um persönliche Kränkungen, sondern um ein großes Unrecht, das anderen widerfuhr. Aline war erstaunlich anspruchslos, wenn es um sie selbst ging. Meistens trug sie Jeans und T-Shirts, hin und wieder auch einen ihrer bunten, aus Stofffetzen selbst genähten Röcke, der ihre schmale Taille und die sanfte Rundung ihrer Hüften hervorragend zur Geltung brachte. Ollin liebte es, den filigranen Formen ihrer Schultern zu folgen und auch jetzt hätte er zu gerne seine Finger ausgestreckt und mit den Fingerspitzen die weiche Haut oberhalb ihres Schlüsselbeins erkundet, doch Alines Ernsthaftigkeit hielt ihn davon ab. Trauer und Mitgefühl lagen in ihren Augen, als sie zu ihm trat und ihm erneut die Hand auf den Arm legte.

»Ich rede zu viel, hm?«, sagte sie und lächelte. Ihre andere Hand strich ihm über die Wange.

»Eines Tages werden sie deinen Vater finden, da bin ich ganz sicher«, flüsterte sie.

Ollin versuchte ebenfalls zu lächeln, doch er scheiterte kläglich. Zu gerne hätte er sich in die Fürsorge und Zärtlichkeit ihrer Arme geflüchtet, sie an sich gezogen, den Geruch ihrer pechschwarzen Haare eingeatmet, ihre weichen, sanften Lippen auf den seinen gespürt, doch etwas hinderte ihn daran. Seit einiger Zeit hatte sich zwischen ihn und die Welt eine Mauer geschoben, unsichtbar für alle anderen, doch undurchdringlich für ihn. Vielleicht war sie auch schon immer da gewesen, das wusste Ollin nicht so genau zu sagen, doch seit dem Verschwinden seines Vaters hatte sie an Dicke und an Höhe zugenommen, so dass er sie nicht länger überwinden konnte. Etwas trennte ihn von allen anderen, von seinem Kontakt zu der Welt. Er konnte zwar sehen, dass die Blumen in den Gärten der Stadt farbig blühten und den köstlichen Geruch der Speisen von den Ständen entlang der verstopften Straßen von Manaus wahrnehmen, doch diese Wahrnehmung löste nichts mehr in ihm aus, so als sei er innerlich taub und von allem Lebendigen abgeschottet. Ein Schatten hatte sich über das Licht gelegt und nichts konnte ihn mehr vertreiben. Schon seit jenem Tag im Wald, als die Männer gekommen waren, um sein Dorf auszurotten, hatte sich diese Finsternis über seine Seele gelegt, eiskalt und lebensfeindlich und lange hatte er geglaubt, sie nie mehr vertreiben zu können, doch dann hatte er Mirtha und Vitor gefunden, und die Sonnenstrahlen wieder den Weg in sein Inneres. Er hatte immer gewusst, dass er die Welt nie mehr so erleben würde, wie als er noch ein Kind gewesen war, unbeschwert, naiv, mit allem verbunden, nicht nachdem seine Mutter, seine Geschwister und alle, die er kannte und liebte so brutal und grausam abgeschlachtet worden waren, doch tief in ihm war noch Hoffnung gewesen. Wer einmal in den Abgrund geblickt hatte, der vergaß das nie mehr, das hatte er immer gewusst, eine unauslöschliche Wahrheit, die er niemandem begreiflich machen konnte, der es nicht selbst erlebt hatte. Irgendwo, in den Schatten, da lauerte etwas, wartete auf ihn, hielt sich nur verborgen, um das nächste Mal zuzuschlagen, wenn er nicht auf er Hut war. Vor einigen Jahren war er noch ein Kind gewesen und Kinder sehnten sich stets nach dem Urzustand der Sorglosigkeit und Verbundenheit. Dann war Mirtha krank geworden und tief in sich wusste er, dass die Schatten und das, was in ihnen lauerte, ihre Krankheit ausgelöst hatten. Mirtha ahnte etwas, für das es keine Worte gab, weil es einfach zu furchterregend war und darüber verlor sie den Verstand. In seinem Stamm hatte man geglaubt, Menschen wie sie könnten die Grenzen zwischen der Welt der Lebenden und der Geister mühelos überwinden und würden deshalb mit zwei Zungen sprechen, doch hier, in der lärmenden, stinkenden Großstadt, war sie nur eine Geisteskranke, eine verlorene Seele auf einem Weg ohne Wiederkehr.

Schließlich war sein Vater vor zwei Jahren spurlos verschwunden. Einige Männer hatten ihn unten am Hafen gesehen, wie er einen Flussdampfer bestieg, der zu den entlegenen Siedlungen im Urwald fuhr, doch damit verlor sich seine Spur. Es hieß, es habe etwas mit seinem Engagement für die Gewerkschaft zu tun, doch Ollin wusste es besser: Sein Vater war wegen ihm gestorben, es hatte mit ihm zu tun, mit seinen Schatten, mit den Erinnerungen, mit dem Fluch, der auf ihn lastete. So oft hatte er sich gefragt, was er und seine Verwandten falsch gemacht hatten, um ein solches Schicksal zu erleiden. Irgendetwas musste die Ahnen so sehr erzürnt haben, dass sie ihr ganzes Dorf dem Untergang geweiht hatten und ihm, Ollin, dem einzigen Überlebenden, die Finsternis anhingen, die in seinem Herzen wohnte und nun seine Welt verdunkelte. Er wünschte sich, er könnte mit Aline sprechen, war sie es doch gewesen, der es in den letzten zwei Jahren immer wieder gelungen war, die Mauern zu durchdringen, ihn zu berühren und mit dem Leben und mit sich selbst zu verbinden, doch der Prozess war nicht mehr aufzuhalten und nun war er auch von ihr getrennt. Es schmerzte ihn, darüber nachzudenken, wie sehr er sie liebte und wie sehr sein Verhalten sie verletzen musste, doch er konnte es nicht aufhalten, abwenden oder verhindern. Die Schatten holten sich, was ihnen versprochen worden war, erbarmungslos und unerbittlich.

»Ich muss noch einmal weg«, murmelte er und löste sich endgültig aus Alines Berührung. Sofort sah er den Schmerz über seine Zurückweisung in ihren Augen aufflackern und hasste sich dafür.

»Wo gehst du hin?«, fragte Aline, die sonst so vollen und weichen Lippen zu einem schmalen Strich zusammengepresst.

»Ich bin nicht lange weg«, sagte er und nahm die Treppen nach unten auf die staubige Straße. Im Weggehen spürte er ihre Blicke in seinem Rücken, vorwurfsvoll, fragend.

Der Tod seines Vaters hatte ihn und Aline zusammengebracht. Die Linken und die Aktivisten hatten aus ihm einen Helden der Arbeiterbewegung gemacht, vermutlich zum Schweigen gebracht von dem Kartell der Fabrikbesitzer und Ausbeuter, die den Indios keinen fairen Lohn und keine menschlichen Arbeitsbedingungen gewähren wollten. Man hatte Vitors Gesicht auf Plakate gedruckt, auf denen Gerechtigkeit, Aufklärung und die Wahrheit gefordert wurden, doch es hatte nichts geholfen. Nie war auch nur irgendein verwertbarer Hinweis auf den Verbleib seines Vaters oder auf die Hintermänner aufgetaucht und tief in seinem Inneren glaubte Ollin auch nicht an die Theorie des hinterrücks ermordeten Gewerkschaftsaktivisten. Etwas anderes war geschehen, etwas Unaussprechliches, etwas, bei dem nur der Urwald Zeuge war, so wie damals bei seinem Dorf. Ob es vielleicht sogar die gleichen Männer gewesen waren? Darüber hatte er in der letzten Zeit oft nachgedacht. Aber was hätte Vitor so tief im Urwald, mehrere hundert Kilometer entfernt von Manaus, tun sollen?

Aline hatte ihm Trost gespendet in den ersten Wochen und Monaten. Anfangs hatte Ollin noch daran geglaubt, dass man Vitor eines Tages finden würde, tot oder lebendig, doch irgendwann hatte er erkannt, wie töricht diese Hoffnung war. Das war etwa zum gleichen Zeitpunkt gewesen, als sich die unsichtbare Mauer zwischen ihm und der Welt geschlossen hatte und kein Licht mehr hindurch ließ. Er hatte es genossen, die Zweisamkeit mit ihr. Aline war nicht nur schön, sie war klug und mutig, angetrieben von einem unstillbaren Hunger nach Gerechtigkeit und moralischer Aufrichtigkeit. Sie verachtete die Unternehmer, die Reichen, die Ausbeuter und all jene, die der Natur und den Menschen Gewalt antaten. »*Ricaços*«, Geldsäcke, nannte sie diejenigen verächtlich, die mit ihrem Reichtum protzten und dafür andere in Ausbeutung, Armut und Elend zwangen. Es hatte sich gut angefühlt, sich von ihrem unerschütterlichen Glauben an das Gute und die Gerechtigkeit tragen zu lassen, ihre Fürsorge und ihre Liebe zu genießen, doch irgendwann hatte Ollin damit begonnen, sich erst von den politischen Aktivitäten und schließlich auch von Aline zurückzuziehen. Es erschien ihm sinnlos, auf den Straßen von Manaus zu demonstrieren, Flyer zu verteilen oder Slogans auf Wände zu pinseln, wenn währenddessen Menschen starben und riesige Flächen Urwald vernichtet wurden.

Kurz kam ihm der Gedanke, dass er nicht noch einmal nach Mirtha geschaut hatte, bevor er das Haus verlassen hatte, doch Aline würde das sicherlich tun. So war Aline, zu gut für diese Welt. Selbsthass loderte in ihm auf, heiß und tödlich, doch das Gefühl erstarb sofort wieder, so wie alle Gefühle in der letzten Zeit.

Ollin schluckte, während er seine Schritte in Richtung des Hauses lenkte, in dem sich Miguel mit einigen Freunden ein provisorisches Tonstudio eingerichtet hatte. Aline mochte es nicht, wenn er dort herumhing.

»Das ist Verbrechermusik«, sagte sie immer wieder. »Die Gangs, die die Menschen terrorisieren und erpressen hören Rapmusik.« Doch wenn Ollin seine Texte in das Mikro hämmerte, schneller als ein Maschinengewehr, dann fühlte er sich für einen winzigen Augenblick lang lebendig. Als er die Kellertreppen hinab lief, empfing ihn der vertraute Geruch von Gras und Zigarettenrauch.

»Da bist du ja«, begrüßte ihn Miguel mit einem Handschlag. »Wir dachten schon, wir müssten ohne dich aufnehmen. Hast du deinen neuen Text fertig?«

Ollin verengte seine Augen zu schmalen Schlitzen.

»Ja, aber ich weiß nicht, ob alles passt«, sagte er halblaut.

»Übermorgen ist der Auftritt, da wollen die Leute etwas Neues von Paradoxx hören. Du möchtest sie doch nicht warten lassen«, sagte Miguel und hielt ihm einen rauchenden Joint hin. Ollin griff danach und ließ sich auf das abgewetzte Sofa sinken, das hinter dem Mischpult stand. In der Aufnahmekabine, die sie notdürftig mit Schaumstoff und Eierkartons isoliert hatten, brannte Licht.

»Der Wettbewerb ist deine Chance! Es kommt immer wieder vor, dass Talentscouts unter den Zuhörern sind und Talente wie dich entdecken. Glaube mir, wenn sie dich hören, dann werden sie dir einen Plattenvertrag anbieten und dann bist du raus aus dem allen hier. Dann lebst du in New York oder Los Angeles, du reist durch die Welt und lernst die heißesten Bräute kennen«, malte Miguel ihm seine Zukunft aus. Seine geröteten Augen verrieten, dass er sich das Warten auf Ollin mit mehr als nur einem Joint vertrieben hatte.

»Ich weiß gar nicht, ob ich das will«, sagte Ollin abwehrend.

»Bist du verrückt? Wie kannst du das nicht wollen?«, erwiderte Miguel. »Endlich raus aus dem Dreck hier, dahin, wo du auch wirklich hingehörst.«

»Ich denke, ich gehöre hierher«, bemerkte Ollin scheinbar desinteressiert, während er sich in den Text vertiefte, den er am Vorabend eilig auf ein Stück Papier gekritzelt hatte. Es ging dabei um einen Jungen, der die Welt verändern wollte und stets an das Gute glaubte, am Ende aber erkennen musste, dass er sich während seines Kampfes gegen das Böse selbst in das Böse verwandelt hatte.

»Ich renn durch die Dunkelheit, die Straße in meiner DNA

Ich und Straße unzertrennlich, wie ein altes Ehepaar«, wisperte Ollin den Anfang seines neuen Songs, während er mit dem Stift den Takt auf seinen Oberschenkel klopfte.

»Die Leute lieben Paradoxx«, fuhr Miguel mit seiner Motivationsrede fort. »Du gibst ihnen eine Stimme, den Underdogs, den Verlierern, den Leuten in den Slums.«

»Ich schreibe einfach, was mir durch den Kopf geht«, antwortete Ollin, ohne seinen Freund anzusehen. Er inhalierte den süßlich-herb schmeckenden Rauch des Marihuanas und spürte beinahe sofort, wie die Wirkung des THCs einsetzte. Ein rauschhaftes, fast schwindeliges Gefühl erfasste ihn und veränderte seinen Blick auf die Welt. Üblicherweise zapfte das Gras die Quelle seiner Inspiration an und ließ die Worte, die Sätze und die Rhythmen einfach aus ihm heraussprudeln, doch schon gestern hatte das nicht mehr funktionieren wollen, weshalb der Text noch immer nicht fertig war.

Ollin hielt den Joint in die Höhe.

»Ist das ein anderes Zeug als sonst?«, fragte er Miguel. Dieser blinzelte und schüttelte den Kopf.

»Nein, das Übliche, warum?«

»Keine Ahnung, es wirkt nicht mehr so.«

Miguel stieß ein lautes Lachen aus.

»Kein Wunder, bei dem, was du in den letzten Monaten durchgezogen hast. Deine Rezeptoren brauchen entweder mal eine Pause oder etwas Neues.«

Ollin hob eine Augenbraue.

»Etwas Neues? Was meinst du damit?«

Miguel machte ein geheimnistuerisches Gesicht und zog eine Schublade auf. Aus ihr nahm er einen Spiegel, auf dem sich mehrere feine Linien einer weißen Substanz befanden.

»Was ist das? Koks?«

Miguel nickte. »Das Beste, was du bei uns bekommen kannst. Astrein und der absolute Wahnsinn.«

Ollin schüttelte den Kopf.

»Nein Danke, du weißt doch, dass ich nur kiffe. Mit dem anderen Scheiß will ich nichts zu tun haben.« Alines Worte gingen ihm durch den Kopf, wie sie ihm davon erzählte, wie viele Unschuldige in Mexiko und anderen Ländern durch die Gewalt der Drogenkartelle starben. Kokainschmuggel und -handel gehörte zu den lukrativsten Einnahmequellen, die man als Krimineller haben konnte und dafür ging man über Leichen. Viele Leichen. Außerdem kannte Ollin mehr als einen Gleichaltrigen, der über das Koksen alles verloren hatte, was er besaß, einschließlich seines Lebens. Die Droge machte einen gierig, paranoid und grausam. Auf keinen Fall wollte er riskieren, zu einem Zombie zu werden, der nur noch von einer Line zur nächsten leben konnte.

»Eine Line macht dich nicht zum Süchtigen«, sagte Miguel in diesem Moment, als hätte er seine Gedanken gelesen.

»Das ist nur ein leichter Kick, der sorgt dafür, dass du dich richtig gut fühlst, fokussiert, voll auf Zack eben.«

Ollin schloss die Augen. Es stimmte, was Miguel sagte. Das Kiffen fühlte sich längst nicht mehr so gut an wie früher. Früher hatte ihn ein Joint von seinen Dämonen befreit, hatte die Schatten vertrieben und irgendwie den Kontakt zur Welt zumindest kurzzeitig wiederhergestellt. Er konnte gute Texte schreiben, mit Aline lachen, glücklich sein, wenn auch nur für kurze Momente und am Abend in tiefen, traumlosen Schlaf fallen, in dem ihm die Gespenster der Vergangenheit nicht nachstellten. Doch damit war es vorbei. Das Hochgefühl stellte sich nicht mehr ein, auch nicht die Kreativität. Die Quelle in seinem Inneren war versiegt und er wusste nicht weshalb. Sein Blick wanderte zu dem weißen Pulver auf dem Spiegel. Vielleicht hatte Miguel Recht.

»Ich wusste nicht, dass du Kokain ziehst«, bemerkte er und sah seinen Freund prüfend an. Erst jetzt fiel ihm auf, dass sich Miguel verändert hatte. Er war schmaler, die Haut blasser und unter seinen hohen Wangenknochen lag ein Schatten. Auch den schwitzigen Film auf seiner Haut bemerkte er erst jetzt.

»Ach«, machte Miguel. »Nur hin und wieder, zum Partymachen. Das Zeug ist harmlos, solange du es nicht jeden Tag nimmst.«

Wieder hob Ollin eine Augenbraue.

»Und du nimmst es nicht jeden Tag?«, fragte er. Miguel grinste und schüttelte den Kopf. Dann hielt er Ollin den Spiegel erneut hin. Lange starrte Ollin das Pulver an, dann folgte er dem Impuls und griff nach dem Spiegel. Er hatte oft genug dabei zugesehen, wenn andere Koks konsumierten, so dass er wusste, wie man es machte. Er nahm den gerollten Geldschein und beugte sich über den Spiegel. Mit der linken Hand hielt er sich das Nasenloch zu, dann zog er das Pulver mit dem Geldschein in die Nase.

Der Kick setzte sofort ein. Adrenalin schoss durch seine Adern, sein Herzschlag beschleunigte sich und Euphorie erfasste jede seiner Zellen. Ollin ließ sich zurücksinken. Die Couch schien ihn regelrecht zu verschlucken. Miguel lachte und nahm ihm den Spiegel ab, um selbst eine Line zu ziehen.

Ollin keuchte, dann lachte er. Die Geschwindigkeit, mit der sich seine Gedanken durch seinen Kopf bewegten, schien sich verdreifacht zu haben. Neue Gedanken und Ideen vermischten sich mit Erinnerungsfetzen und er fühlte sich gut, stark und unbesiegbar. Die Dunkelheit, die Schatten, die Dämonen, die unsichtbare Wand, all das war vergessen, denn da war ein anderes, viel stärkeres Gefühl, das alles übertünchte. Er schloss die Augen und genoss die absolute Euphorie für einige Sekunden, dann griff er nach dem Stift und begann, hektisch die nächsten Zeilen seines Textes auf das Papier zu kritzeln, während Miguel ihm zufrieden zusah.

»Du willst doch nicht wirklich zu dieser Veranstaltung gehen.« Aline war die Empörung deutlich anzusehen.

»Die Texte, die dort gesungen werden, sind frauenfeindlich und menschenverachtend, sie preisen Verbrecher und Kriminelle als Helden an, wie kannst du da mitmachen?«

Ollin fuhr sich mit der Hand durch das Haar. Seit er vor zwei Tagen die erste Line bei Miguel genommen hatte, schwitzte er mehr als sonst. Es war nicht bei der einen Line geblieben, er hatte noch eine genommen und noch eine und schließlich hatte Miguel ihm ein ganzes Tütchen mit dem berauschenden Pulver beschafft, dass er seither in seiner Hemdtasche mit sich herumtrug. Er hatte kaum geschlafen oder etwas gegessen, doch er fühlte sich noch immer großartig, auch wenn sein Herz in seiner Brust manchmal so heftig hämmerte, dass er befürchtete, es zerspränge jeden Moment.

»Aline, das ist der Sound der Straße, die Ausdrucksform derer, die sonst keine haben«, sagte er, auch wenn er wusste, dass es zwecklos war. Wenn Aline einmal eine Meinung zu einem bestimmten Thema gefasst hatte, vor allem, wenn es dabei um eine Ungerechtigkeit ging, dann war sie davon nur schwer wieder abzubringen. Auch jetzt stand sie vor ihm mit bebenden Nasenflügeln, die Arme in die Seiten gestemmt, bereit, die Sache in endlosen Wortgefechten zu diskutieren. Er wusste, sie liebte solche Diskussionen, in denen sie den anderen die ganze moralische Verkommenheit ihres Handelns vorwerfen konnte. Aus diesem Grund war sie sehr beliebt als Sprecherin bei Demonstrationen und schrieb regelmäßige Beiträge für eine ganze Reihe linker Blätter. Ihre Rhetorik war so scharf wie ihr Verstand und dafür liebte Ollin sie. Er legte den Kopf schief und lächelte sie an.

»Du wärst eine hervorragende Rapperin«, sagte er. Aline funkelte ihn an und fast fürchtete er, sie würde auf ihn losgehen, doch sie warf ihm nur einen verachtenden Blick zu und verließ das Zimmer.

Von einem intellektuellen Standpunkt aus konnte er ihre Kritik an der Rapmusik verstehen, dennoch stand sie im Widerspruch zu ihrem sonst so leidenschaftlichen Kampf für die »kleinen Leute«. In den Straßen der Slums liebte man Rapmusik, und wer es schaffte, einen Plattenvertrag zu ergattern, der konnte nationale Berühmtheit und sogar darüber hinaus erlangen. Es ging um den Sound der Straße, um Gewalt, Drogen, Verbrechen, aber auch um Ungerechtigkeit und Missstände, darum, die Wut zum Ausdruck zu bringen, die in so vielen jungen Menschen kochte.

Seufzend legte er den Text für seinen neuen Song beiseite und ging Aline hinterher. Sie stand auf der Veranda, neben dem Lehnstuhl, in dem seine Mutter so gerne saß, wenn es ihr besser ging, die Arme vor der Brust verschränkt, die Lippen schmal. Ollin umfasste sie und zog sie, ihren Widerstand ignorierend, an sich.

»Ich wünschte, du würdest auch kommen«, sagte er und küsste sie. Aline wehrte sich nicht, doch als er sich von ihr löste, war ihre Miene noch immer umwölkt von Zorn.

»Wo hast du überhaupt das Geld für die Startgebühr her?«, fragte sie ihn. Ollin grinste.

»Ich habe gespart«, sagte er. Aline runzelte die Stirn. Seit Ollin die Schule verlassen hatte, half er am Hafen beim Entladen der Container-Schiffe, ein harter Knochenjob, den er gern machte, weil die körperliche Arbeit ihn besser schlafen ließ, doch er verdiente dabei kaum etwas. Hin und wieder schusterte John ihm einen Job zu und ermunterte ihn immer wieder, fest für ihn zu arbeiten, doch bisher hatte Ollin immer abgelehnt. Etwas an John machte ihn misstrauisch. Es war, als könnte der alte Jude ihm direkt in seine Seele schauen, alle Narben und Verletzungen erkennen, die sie trug, und auch die Dämonen und Schatten, die ihn verfolgten, und das war Ollin unangenehm. Er wollte weder durchschaut noch gerettet werden.

»Ich habe gespart«, sagte er und grinste. Aline machte ein ungläubiges Gesicht. Seit dem Verschwinden seines Vaters musste Ollin sich und seine Mutter alleine durchbringen und ihre Medikamente verschlangen jeden Monat ein Vermögen, wie sollte es ihm da gelingen, etwas beiseitezulegen? Doch Ollin sagte die Wahrheit: Er hatte sich das Startgeld für den Wettbewerb vom Munde abgespart und seit Wochen auf Alkohol, Zigaretten und sogar Gras verzichtet. Ohne Miguel, der ihm immer wieder etwas zusteckte, hätte er noch nicht einmal kiffen können.

Als Paradoxx hatte er sich in Manaus bereits einen Namen gemacht. Seine Musik galt als hart, kompromisslos, wahr, mit philosophischem Tiefgang. Diese Kombination war ebenso einzigartig wie paradox. Er wurde seinem Künstlernamen gerecht. Er wusste, wie es auf den Straßen zuging, er kannte die Gewalt, den Terror der Gangs, die Drogen, die Armut, doch er hatte auch die Klassiker gelesen. John war es, der sie ihm ausgeliehen hatte und mit dem er in langen Abenden über das, was er las, sprach. Er hatte bereits Nietzsche gelesen, Hegel, Sartre und Schopenhauer, er wusste, was der »Weltgeist« war und kannte sich in den Problemen der Moralphilosophie aus. »*Homo homini lupus*«, das berühmte Zitat von Thomas Hobbes war der Titel seines bekanntesten Songs, weshalb man ihn in den Straßen auch den »Wolf« nannte. »Der Mensch ist des Menschen Wolf« - dieser Satz gefiel ihm, denn er entsprach der Wahrheit, die ihn sein Leben gelehrt hatte.

Nicht die Raubtiere, die draußen im Dschungel umherstreiften und denen er als Kind oft genug Auge in Auge gegenübergestanden hatte, waren die Monster, sondern die Menschen, die einander das Schlimmste und Grausamste antaten, alles was man sich vorstellen konnte.

Alines Blick war nach wie vor misstrauisch, deshalb ging Ollin nach drinnen in sein Schlafzimmer, wo er unter einem losen Brett seine Ersparnisse aufbewahrte. Er schob das Brett beiseite - und erstarrte. Der Schock erfasste ihn heftiger als jede Line Koks. Das Geld war plötzlich verschwunden, sein Geheimversteck leer. Er fuhr hoch und eilte mit weit ausholenden Schritten in das Wohnzimmer, in dem seine Mutter auf dem Sofa lag und mit geschlossenen Augen döste. Er packte sie grob an den Schultern und schüttelte sie.

»Mama? Mama! Mirtha!«, rief er. Benommen öffnete sie die Augen. Für einen Moment schien sie nicht zu wissen, wo sie sich befand, dann richtete sie sich auf.

»Ollin?«, fragte sie mit belegter Stimme, bevor Ollin sie erneut schüttelte.

»Das Geld, in meinem Zimmer, wo ist es?«, fragte er sie. Es fiel ihm schwer, seine Aufregung und seinen aufkeimenden Zorn im Griff zu behalten, wie eine rote Welle flutete es durch seinen Körper und sein Gehirn. Ein Teil seines Verstandes wusste, dass es an der Droge lag, die seine Wahrnehmung und seine Impulskontrolle veränderte, doch er konnte nichts dagegen unternehmen, war seinen Gefühlen hilflos ausgeliefert.

»Du tust mir weh«, klagte Mirtha.

»Wo ist es, Mama? Sag es mir!«

In Mirthas Augen blitzte etwas auf und Ollin wusste, dass sie nun wirklich wach und halbwegs bei Sinnen war.

»Es ist das Geld des Teufels«, schrie sie und ein irrer Ausdruck trat auf ihr Gesicht. »Satan persönlich hat es dir gegeben, als du ihm deine Seele verkauft hast! Ich wusste es, ich wusste es an dem Tag, als du aus dem Wald kamst, mit deinen großen Katzenaugen und diesem listigen Ausdruck darin. Du hattest diesen Blick, direkt aus der Hölle. Mein Verstand sagte mir, dass ich dich davonjagen sollte, aber mein Herz, das sah nur ein Kind. Ein Kind des Teufels!«

Ollin zuckte zusammen, als hätte ihn ein Schlag getroffen. Er wich unwillkürlich von seiner Mutter zurück.

»Was sagst du da?«, flüsterte er bleich.

»Denkst du, ich weiß nicht, was du nachts machst? Du läufst herum, die ganze Nacht, streifst durch die Gassen, gibst dich der Sünde hin und tust das Schrecklichste, was ein Mensch tun kann.« Mirtha hatte ihre Augen weit aufgerissen, jetzt spitzte sie die Lippen und spuckte voller Verachtung aus.

Aline kam hereingelaufen, sie hatte die lauten Stimmen von draußen gehört. Auch sie erstarrte, als sie sah und hörte, was vor sich ging. Bittend fasste sie Ollin am Arm.

»Sie ist krank«, flüsterte sie ihm zu und versuchte ihn wegzuziehen, ihn zu trösten, doch Ollin war wie erstarrt. Seine Augen waren auf seine Mutter gerichtet, auf ihr im Wahn vor Hass verzerrtes Gesicht, auf das Feuer, das in ihren Augen loderte und das in ihm das Böse sah.

»Bitte, Ollin«, flehte Aline. »Es ist ihre Krankheit.«

»Du täuschst mich nicht mehr«, kreischte Mirtha. »Ich habe den Teufel in dir erkannt. Ich weiß jetzt, wer du bist. Aus den Tiefen der Hölle hat man dich hierhergeschickt, um mich zu prüfen, mir meine Seele zu stehlen, doch das wird dir nicht gelingen. Vitor hast du schon auf dem Gewissen, aber mit mir wird dir das nicht gelingen.«

Ollins Kopf ruckte, als er sich abrupt aus seiner Erstarrung löste und einen Schritt auf seine Mutter zu machte. Er beugte sich langsam nach unten und sah ihr fest in die Augen.

»Das Geld, Mirtha«, sagte er leise, aber mit einem gefährlich kalten Unterton. »Wo ist es?«

Mirtha stieß ein irres Lachen aus, dann schob sie ihren Kopf nach vorne und sah Ollin direkt in die Augen.

»Verbrannt habe ich es, wie man es mit allem tut, was der Teufel berührt hat. Auch du wirst brennen, Ollin, du wirst brennen...«

Endlich gelang es Aline, Ollin von seiner Ziehmutter wegzuziehen und auf die Veranda zu bugsieren. Sein Gesicht war wie versteinert. Es brach ihr das Herz, ihn so zu sehen. Dies war nicht der erste Ausbruch dieser Art, den er in ihrer Gegenwart erlebte, doch nie zuvor hatte sich Mirthas Hass so dezidiert gegen ihren Ziehsohn gerichtet. Sie konnte sich vorstellen, wie geschockt und betroffen Ollin sein musste.

Ollin stand auf der Veranda. Er roch den Fluss, er hörte das Summen der Mosquitos, die Welt drehte sich weiter, doch in ihm war etwas kaputtgegangen, schon wieder. Die Schatten, sie hatten sich wieder ein Stück seiner Seele geholt.

Ruckartig machte er sich aus Alines Bewegungen los und ging davon, mit schnellen, entschlossenen Schritten, die ihr unmissverständlich klar machten, dass sie ihm nicht folgen sollte. Aline blieb zurück, mit Tränen in den Augen, während aus der Hütte weiterhin Mirthas hasserfülltes Geschrei zu hören war.

Ollin wusste nicht mehr zu sagen, wie lange er schon durch die Straßen von Manaus lief. Die Dunkelheit würde bald hereinbrechen und jäh von Dächern fallen, und dann gehörte die Stadt den zwielichtigen Gestalten, doch noch herrschte ein sanftes Abendlicht. Wind brauste in den Blättern der Bäume entlang der Straße. Er hatte den Fluss, den Slum, den Hafen und sogar die belebte Innenstadt hinter sich gelassen und fand sich nun in einem wohlhabenderen Viertel wieder. Große Villen standen hinter hohen, zum Teil mit Stacheldraht gesicherten Mauern, um die Armen draußen zu halten und was sonst noch so in der Stadt unterwegs war. Autos begegneten ihm nur noch vereinzelt, dafür hörte er Rasensprenger und Stimmen von Kindern, die ausgelassen spielten. Wie mochte es wohl sein, an so einem Ort zu leben?, fragte er sich. Wie war es, wenn man in eine Familie hineingeboren wurde, die nicht nur keine Sorgen hatte, sondern auch nichts von den Schatten, von Mord und Verbrechen wusste. War man dann glücklich? War man überhaupt am Leben? Wenn das, was er erlebte, das Leben war, dann konnte das Dasein dieser Menschen nicht auch das Leben sein, denn sie lebten in einer völlig anderen Welt mit anderen Gesetzen.

Seit Wochen drehten sich alle seine Gedanken nur um den Wettbewerb, ein Umstand, den er niemals zugegeben hätte, noch nicht einmal vor sich selbst. Denn das hätte bedeutet, dass er sich eingestand, dass auch er Hoffnungen, Träume und Ziele hatte und er wusste, dass er das nicht haben durfte. Das Leben war grausam und es fand immer einen Weg, ihm noch den schönsten Traum in einen Albtraum zu verwandeln. Seine Wünsche verwandelten sich in Asche, einer nach dem anderen, bis er entschieden hatte, einfach keine mehr zu haben, sich treiben zu lassen, wie es viele andere taten. Das Problem war nur, dass man auf diese Weise nicht wirklich lebendig war, nicht in seiner Welt. Etwas musste sich ändern, das wusste er, damit er wieder in Kontakt mit allem kam. Der Wettbewerb war seine Chance. Er konnte den Gefühlen in seinem Inneren, seinen Erfahrungen, sogar den Dämonen, eine Stimme geben und sie auf diese Weise bannen, unschädlich machen. Mit seiner Musik zerrte er das, was in den Schatten auf ihn lauerte, hervor in das helle Sonnenlicht, wo es seine Macht über ihn verlor. Er brauchte die Musik, doch um sie machen zu können und mit ihr

Geld zu verdienen und Menschen zu erreichen, brauchte er den Sieg bei diesem Wettbewerb. Seit Wochen bereitete er sich darauf vor, probte seine Texte wieder und wieder, überarbeitete manche Zeilen viele dutzend Male. Es hatte ihn viel Kraft und Disziplin gekostet, sich das Geld für die Startgebühr abzusparen und nun hatte Mirtha es in ihrem Wahn vernichtet und damit auch gleich seinen Traum zerstört. Was sollte er jetzt tun? Er konnte es Miguel nicht sagen, die Enttäuschung auf seinem Gesicht nicht ertragen, denn Miguel, sein lieber, treuer Freund, glaubte so sehr an diesen Wettbewerb wie er selbst. Zurück in die Hütte führte auch kein Weg, denn er wusste nicht, wie er Mirtha gegenübertreten sollte und so sehr er Aline auch tief in seinem Herzen liebte, so hatte er im Moment das Gefühl, von ihrer Zärtlichkeit und Fürsorge buchstäblich erdrückt zu werden. Aline liebte ihn, das wusste er, doch es gab Aspekte an ihm, die sie nicht verstand, nicht begreifen konnte, weil sie nicht das erlebt hatte, was ihm widerfahren war.

Ollin blieb stehen und verschnaufte. Sein Hemd klebte ihm in feuchten Flecken am Körper. Er fuhr sich durch das Haar, das ebenfalls nass von Schweiß war.

»Mama, Mama«, rief plötzlich eine Stimme. Er drehte sich um und sah ein kleines Mädchen in einem pinken Kleid, das durch den Garten hinter ihm lief, auf ein Haus mit hohen, griechischen Säulen am Eingang zu. Eine Frau kam heraus, ihre hohen Absätze klackerten auf den Stufen. Sie trug ein eng geschnittenes Kleid, welches ihre makellosen Beine zur Geltung brachte und an ihrem Handgelenk baumelte eine Handtasche, die vermutlich den Wert eines Kleinwagens hatte, auch wenn sich Ollin mit diesen Dingen nicht wirklich auskannte.

Als das Mädchen die Frau erreicht hatte, streckte es die Hände aus.

»Nimm mich hoch, nimm mich hoch!«, bettelte sie, doch die Frau schob ihre kleinen Hände zur Seite.

»Maricarmen, du bist ja total schmutzig, du verdreckst mir noch mein Kleid.« Sie wandte sich zum Haus und rief: »Luara, bringen Sie sie nach drinnen, damit sie sich waschen kann.«

Zum Kind sagte sie: »Ich habe einen wichtigen Termin. Luara wird sich um dich kümmern.«

Mit diesen Worten stolzierte die Frau an ihrer Tochter vorbei und ging auf ein weißes Cabrio zu, das in der Einfahrt stand. Sie stieg ein, startete den Motor, der kurz aufheulte, und dann fuhr sie davon. Das Mädchen blieb mit herabhängenden Armen zurück und blickte ihr nach.

Aus dem Haus kam eine rundliche Indio-Frau mit einer Schürze gelaufen. Sie fasste das Kind und umarmte es.

»Komm, mein Herz, komm nach drinnen. Ich habe dir Pfannkuchen gemacht!«, sagte sie zärtlich, doch das Kind rührte sich nicht. Plötzlich stemmte es die Hände in die Hüften und schrie: »Ich will keine Pfannkuchen!« Das Kind stampfte mit dem Fuß auf. »Ich will, dass meine Mama bei mir ist.« Die ganze Verzweiflung ihrer kleinen Seele schwang in ihren Worten mit und in Ollin regte sich Mitgefühl für das kleine Mädchen. Offensichtlich schützten weder die Mauern noch das Geld vor Leid, das erkannte er jetzt. Das Leid, die Schatten, sie fanden die Menschen, überall, ob in den Hütten der Slums, oder hier oben in den Villen der Reichen.

»Sie wird dir gute Nacht sagen, wenn sie zurückkehrt«, beschwor die Hausangestellte das Kind. »Sei ein braves Kind und komm mit. Was hältst du davon, wenn wir ein Lied singen?« Sie fasste die Hand des Kindes und zog es mit sich. Das Mädchen wehrte sich, stemmte sich mit seinen kleinen Füßen in den Kies, doch die Frau zog es einfach weiter. Das Kind stieß einen wütenden Schrei aus, da hielt die Frau inne, packte das Kind und nahm es hoch. Eigentlich war die Kleine dafür schon zu groß und Ollin konnte sehen, wie viel Kraft es die alte Indio-Frau kostete, doch sie presste ihre Wange an die des Mädchens und schien ihr etwas zuzuflüstern, das Ollin nicht hören konnte. Sofort beruhigte sich das Mädchen, legte der alten Frau ihre Hände auf beide Wangen und lächelte. Dieser Anblick versetzte Ollin einen Stich, auch wenn er nicht genau wusste weshalb. Hatte seine Mutter, seine wirkliche Mutter, ihn auch als Kind hochgenommen und so an sich gedrückt? Er konnte sich nicht mehr daran erinnern. So fest hatte er sich geschworen, die Erinnerungen an seine Familie, an das Dorf im Urwald festzuhalten, hatte sie sich immer wieder in das Bewusstsein gerufen, um sie nicht zu verlieren, doch mit der Zeit waren sie verblasst, unscharf geworden oder ganz verschwunden. Was blieb, war das unauslöschliche Gefühl, etwas verloren zu haben, was nicht wiederherzustellen war. Verwundert stellte Ollin fest, dass er weinte. Er konnte sich nicht daran erinnern, wann er zuletzt geweint hatte. Selbst in den Wochen nach Vitors Verschwinden hatte er keine Träne vergossen, doch nun stand er hier, in einer fremden Straße und sah einem Kind zu, dass er nicht kannte, und weinte, weinte um sich und seine verlorene Kindheit, den namenlosen Schmerz, der in seinem Inneren tobte und ihn auffraß und all das, was er verloren hatte, noch bevor er richtig zu leben begonnen hatte.

Entschlossen wischte er sich mit dem Ärmel durch das Gesicht. Er kam sich vor wie ein Narr. Er heulte, wie ein kleiner Junge, dabei war er doch längst schon ein Mann, schon seit er allein im Urwald unterwegs gewesen und vor den Dämonen geflohen war. Mit einem Mal regte sich ein neues Gefühl in ihm, das er in dieser Intensität schon lange nicht mehr empfunden hatte. Aus der dumpfen Wut, die er verdrängte, unterdrückte, war heißer, lodernder Zorn geworden, der an die Oberfläche drängte wie das Magma eines Vulkans beim Ausbruch. Er beobachtete, wie sich seine Hände zu Fäusten ballten, so fest, dass sich seine Fingernägel in sein Fleisch bohrten, doch er spürte den Schmerz nicht. Alles, was er wahrnahm, war der Sturm aus Blut und Feuer, der in ihm tobte. Das Leben, diese Welt, sie hatten kein Recht, ihm diese Chance zu nehmen. Er war für Mirtha immer da gewesen, Tag für Tag, hatte ihre Ausbrüche und Beschimpfungen ertragen, hatte im Hafen geschuftet, bis ihm Rücken und Hände so weh taten, dass er glaubte, er könne sich nie wieder bewegen, und so dankte sie es ihm? Er hatte genug davon, zu verlieren, ein Ausgestoßener, ein Wilder zu sein. Wenn diese Welt ihm seine Chance nicht zugestand, dann würde er sie sich einfach nehmen, er würde Kämpfen, so wie die Krieger seines Dorfes.

Das Mädchen und die Haushälterin waren im Inneren des Hauses verschwunden. Außer ihnen schien niemand Zuhause zu sein. Ollin sah kein Auto mehr in der Einfahrt parken. Er dachte nach. Dann ließ er seinen Blick über die anderen Häuser der Straße schweifen. Viele von ihnen waren gut gesichert, hinter Stacheldraht und mit Überwachungskameras, doch ihm war mehr als eine aufgefallen, die offensichtlich nur eine Attrappe war und der Abschreckung diente. Die Gangs aus den Slums verirrten sich nur selten hierher, dafür sorgte die korrupte Polizei der Stadt zuverlässig. Auf ihn, einen einzelnen jungen Mann hingegen, hatte bisher kaum jemand geachtet. Vermutlich ging man davon aus, dass er zum Hauspersonal gehörte, ein Gärtner oder ein Poolboy vielleicht, und damit wurde er unsichtbar für die Menschen, die hier lebten. Er war ein Bediensteter, mehr nicht, keinen zweiten Blick wert. Das war seine Chance. Viele der Häuser standen in der heißesten Zeit des Jahres leer oder waren von ihren Besitzern verlassen. Bald würde die Dunkelheit hereinbrechen und ihn schützen, wenn er sich lautlos wie eine Katze bewegte. Er würde nicht viel stehlen, nur gerade so viel, dass es für das Startgeld reichte und er würde es Menschen nehmen, die so reich waren, dass sie sich alles kaufen konnten. Für sie würde der Schaden zu verschmerzen sein, ihm aber würde es das Tor zur Welt aufstoßen.

Ollin biss sich auf die Lippe, bis er Blut schmeckte. Er straffte seine Schultern und machte einige Schritte zurück, bis er vom Schatten einiger Platanen verschluckt wurde. Er hatte einen Entschluss gefasst. Eine gefährliche Ruhe breitete sich in ihm aus, kalt, berechnend, zu allem entschlossen.

Das Haus, das er auswählte, stand ganz am Ende der Straße. Es war gesäumt von vielen, alten und hochgewachsenen Bäumen, zwischen denen er unbemerkt hindurchschlüpfen konnte. Der Vordereingang war zwar durch eine hohe Mauer und ein Tor gesichert, doch nach hinten flachte die Mauer immer mehr ab und konnte leicht überwunden werden. Es gab keine Kameras oder andere Sicherheitssysteme. Ein Blick auf das Haus verriet ihm, dass niemand Zuhause war, denn es brannte kein Licht. Es lag so still, dass er wusste, dass es bereits seit längerem verlassen war. Vermutlich waren die Bewohner aus der Stadt geflohen, vielleicht an das Meer, wo die Hitze erträglich war und man sich sehen lassen musste, wenn man reich war. Mit einem Satz war Ollin über der Mauer. Er verharrte und spitzte die Ohren, doch kein Geräusch war zu hören. Vorsichtig näherte er sich im Schatten der Bäume dem Hintereingang, der vermutlich zur Küche führte, und den die Hausangestellten benutzten, doch diese saßen vermutlich zurzeit mit ihren Familien zusammen, irgendwo in den armen und elenden

Vierteln der Stadt. Die Tür war verschlossen, doch Ollin war sich sicher, dass sie nicht durch ein zusätzliches Alarmsystem gesichert war. Er sah sich suchend um und entdeckte eine eiserne Gartenkralle, die der Gärtner nach dem Unkrautjäten liegen gelassen hatte. Das perfekte Werkzeug! Er griff danach, setzte an, und in weniger als zwei Sekunden gab das alte Schloss der Tür nach und sie schwang mit einem leisen Quietschen auf. Wieder hielt er inne, doch noch immer drang kein Ton an sein Ohr. Langsam machte er den ersten Schritt nach drinnen. Kein Alarm ging los, ganz, wie er es erwartet hatte. In der Küche blieb Ollin kurz stehen, um sich zu orientieren. Instinktiv wandte er sich in Richtung des Wohnzimmers, in dem übergroße Sofas standen, die aussahen, als würde man einfach in ihnen versinken. Es roch nach Holzpflegemitteln und teuren, alten Möbeln. Kurz schoss es Ollin durch den Kopf, dass er besser Handschuhe tragen sollte, um seine Spuren zu verwischen, doch dann verwarf der diesen Gedanken wieder. Niemand würde ihn finden und seine Fingerabdrücke nehmen, so viel war sicher. Er betrachtete die silbernen Kerzenständer. Mit einer Serviette aus edlem Stoff zog er die Schublade des antiken Buffetschranks auf, in dem sich das teure Tafelsilber befand. Er ging zurück in die Küche, nahm sich einen Beutel, den die Haushälterin vermutlich sonst zum Einkaufen nutzte, und begann, ihn mit allem zu füllen, was ihm wertvoll erschien. Nach dem Wohnzimmer schritt er durch die imposante Eingangshalle zu der gewundenen Treppe, die in das Obergeschoss führte, wo sich die Schlafzimmer befanden. Die Teppiche im Flur waren so dick, dass sie alle seine Schritte verschluckten. In den Schlafzimmern fand er Schmuck, teure Uhren und Bücher, die alt und wertvoll aussahen. Er steckte alles ein, bis der Beutel voll war, dann verschwand er lautlos hinaus in die Nacht. Sein Herz schlug schnell und so kräftig, dass es ihm in der Kehle wehtat. Das Adrenalin pumpte durch seine Venen und in diesem Augenblick fühlte er sich so lebendig wie noch nie zuvor in seinem Leben. Im Schutz der Dunkelheit floh er auf verschlungenen Wegen zurück zu den Slums unten am Fluss, in die Welt, die er kannte, und die ihm zumindest für diese Nacht ein Gefühl von Sicherheit vermittelte.

Kapitel 6

»Deine Mutter hat das geerbt?« John sah ihn durch die dicken Gläser seiner Brille prüfend an. Ollin nickte.

»Sie hat mal geputzt, im Haus eines reichen *Senhor*. Er ist gestorben, hatte keine Kinder und da hat er seinen Besitz der Kirche gespendet und seinen Hausstand seinen Angestellten.« Schweiß brach ihm aus und lief in kleinen Bächen über seine Schläfen und vom Haaransatz aus in seinen Kragen. Er unterdrückte den Impuls, ihn abzuwischen, um sich nicht verdächtig zu machen.

John nahm einen silberfarbenen Ring mit einem funkelnden Brillanten hoch und betrachtete ihn.

»Das muss ein wirklich sehr wohlhabender *Senhor* gewesen sein«, bemerkte der alte Antiquitätenhändler vielsagend. »Oder ein sehr großzügiger.«

Ollin löste sich von der Kommode und trat an das Fenster, damit John nicht länger sein Gesicht sehen konnte, denn er war sich sicher, dass seine Züge ihn als Lügner enttarnen würden.

»Hör mal, John, ich habe es eilig. Es ist ein Notfall, musst du wissen, sonst hätte meine Mutter das Zeug nicht verkauft. Wie viel kannst du mir geben?«

Er spürte Johns Blicke in seinem Rücken, wie sie ihn regelrecht durchbohrten und er hoffte, dass das Beben seiner Schultern ihn nicht verraten würden. Zu seiner Erleichterung hörte er, wie John zu seiner Kasse ging, welche mit einem lauten Klingeln aufsprang. Geldscheine raschelten. Er drehte sich um und sah, wie ihm John einen großen Bündel Geldscheine hinhielt. Hastig griff er danach und stopfte sie in die Hosentasche, ohne nachzuzählen. Fluchtartig verließ er den Laden, nicht aber, ohne beim Rausgehen noch ein »Danke« zu murmeln.

Ein unbehagliches Gefühl breitete sich in ihm aus, als er durch die von der morgendlichen Sonne gefluteten Straßen ging. John hatte ihn durchschaut, dessen war er sich sicher, so wie John ihn immer durchschaute, doch es spielte keine Rolle mehr. Alles, worauf es ankam, war der Wettbewerb. Eilig lenkte er seine Schritte in Richtung Tonstudio. Sein Magen knurrte und ihm fiel ein, dass er seit dem Vortag nichts mehr gegessen hatte, doch auch das war egal. Er musste den neuen Track fertig bekommen. Die Tür zum Tonstudio war verschlossen. Ollin rappelte an den Fensterläden, hinter denen Miguels kleine Wohnung lag. Es dauerte lange, bis sich dahinter etwas regte. Nach einiger Zeit erschien Miguels verschlafenes Gesicht. Als er Ollin erkannte, riss er die Augen auf.

»Ollin!«, rief er. »Wo hast du gesteckt? Der Wettbewerb...«

»Dafür haben wir jetzt keine Zeit«, unterbrach ihn Ollin. »Schließ auf, damit wir loslegen können.«

Keine Viertelstunde später stand er vor dem Mikrophon in der Aufnahmekabine. Schweiß perlte von seiner Stirn und in Gedanken ging er seinen Text immer wieder durch. Als Miguel ihm den Beat einspielte, war er bereit.

Fast bereit jedenfalls. Denn nach der zweiten Strophe passten mit einem Mal weder die Beats noch die Reime. Immer war das Wort eine Silbe zu lang oder der Beat zu kurz. Ollin starrte aus dem provisorischen Fenster der Kabine zu Miguel, der am Aufnahmepult saß und ihn mit wachsender Verzweiflung ansah.

»Mach eine Pause, Ollin. Du musst mal kurz raus und dann noch einmal anfangen«, riet Miguel. Ollin wusste, dass er Recht hatte, doch ihnen blieb keine Zeit mehr. Der Wettbewerb war schon heute Abend und er konnte dort nicht mit seinem alten Set auftreten. Die Leute erwarteten etwas Neues, sonst würde er ganz schnell wieder in der Belanglosigkeit verschwinden und niemand würde sich je wieder für seine Musik interessieren. Diese Vorstellung fühlte sich an, als fiele er in einen bodenlosen Abgrund.

Ollin riss sich die Kopfhörer ab und stürmte aus der Kabine.

»Wir haben keine Zeit«, sagte er, als er Miguel gegenüberstand, der sich auf seinem Drehstuhl zu ihm herumgedreht hatte. Miguel sah ihn stumm an, sein Mund war nur ein schmaler Strich.

»Ich muss den Track heute Abend abliefern und du hörst selbst, dass er nicht so weit ist.«

Miguel hielt den rauchenden Joint hoch, der zwischen seinen Fingern steckte.

»Probiere es damit«, sagte er. Ollin sah zum Joint, dann runzelte er die Stirn. Er verspürte den dringenden Wunsch, Miguel den Joint aus der Hand zu schlagen.

»Das Zeug hilft nicht«, schrie er, lauter als beabsichtigt. Miguel zuckte zusammen. »In meinem Kopf sind keine Ideen, keine Worte mehr, die ich durch das Zeug finde. Hast du noch etwas von dem anderen?«

Miguel sah ihn für den Bruchteil einer Sekunde verständnislos an, dann begriff er. Langsam schüttelte er den Kopf.

»Ich habe nichts mehr«, gestand er. »Sie haben den, von dem ich es mir immer besorgt habe, gestern verhaftet.«

Ollin raufte sich die Haare und versuchte, die Verzweiflung niederzukämpfen, die sich in ihm ausbreitete. Er hatte es bis hierher geschafft, er hatte Risiken auf sich genommen, große und nun sollte er an wenigen Zeilen Text scheitern?

»Ollin«, startete Miguel einen neuen Versuch, seinen Freund zu beruhigen. »Du brauchst das Zeug nicht, du hast es nie gebraucht. Es ist nur die Aufregung. Wir haben genug Zeit. Du siehst aus, als hättest du nicht geschlafen und gegessen hast du vermutlich auch schon länger nicht mehr. Kein Wunder, dass dein Kopf versagt. Kreativität braucht Entspannung. Du kannst es nicht erzwingen, auch nicht mit Drogen.«

Ollin packte ihn an den Schultern, ließ dann aber sofort wieder von ihm ab.

»Miguel«, sagte er leise, fast im Flüsterton, doch er sprach jedes Wort langsam und deutlich aus, als wollte er sichergehen, dass Miguel ihn auch wirklich verstand.

»Du weißt, ich würde nie etwas von dir verlangen, doch diese eine Sache, die musst du für mich tun. Es ist der wichtigste Rapwettbewerb im ganzen Bundesland. Leute sind hierher geflogen, um teilzunehmen. Wenn ich nicht dabei bin, wenn ich nicht richtig performe, dann bin ich weg vom Fenster. Andere werden sich über mich lustig machen, sie werden Spotttexte über mich singen. Du weißt doch, wie das läuft. Das kann ich nicht zulassen.«

Miguel betrachtete seinen Freund mit wachsender Verwirrung.

»Ich wusste gar nicht, dass dir der Wettbewerb so wichtig ist«, sagte er. »Du hast immer so getan, als legtest du gar keinen Wert darauf, mit deiner Musik erfolgreich zu sein.«

Ollin verengte seine Augen zu schmalen Schlitzen, als ob er darüber nachdachte, Miguel doch noch zu schütteln.

»Es ist mir sehr wichtig sogar«, sagte er. Wieder wallte in seinem Inneren die Verzweiflung auf, ein Dämon, den er auf keinen Fall die Kontrolle über ihn übernehmen lassen durfte. In Gedanken schalt er sich erneut einen Narren, dass er überhaupt zugelassen hatte, dass sich in seinem Herzen so etwas wie eine Hoffnung, ein Traum oder ein Wunsch bildete. Das Leben hatte ihm doch mehr als überzeugend vor Augen geführt, dass dies nicht der Ort für Wünsche war, nicht für ihn.

»Ich tue es für Vitor«, presste er hervor. Erst als er die Worte aussprach, erkannte er, dass das die Wahrheit war, auch wenn er sich ihrer bis zu diesem Moment nicht bewusst gewesen war. Gleichzeitig war es nur die halbe Wahrheit. Er tat es auch für sein Dorf, für seine Familie, die Menschen, die ausgelöscht worden waren, an einem einzigen Tag, die Ahnen, die Götter, die alten Worte und Lieder. Er war der letzte Überlebende. Er musste eine Spur in der Welt hinterlassen, nicht für sich, sondern für sie, damit ihr Sterben nicht vergeblich gewesen war. Der politische Aktionismus, die vielen Demonstrationen und Proteste, brachten gar nichts, die Mächtigen und Reichen nahmen sie kaum zur Kenntnis. Aber mit Musik ließen sich die Herzen der Menschen erreichen, sogar an weit entfernten Orten der Welt und in seinen Liedern lebten sie weiter, all die geliebten Menschen, die er verloren hatte und die nie mehr zurückkehren würden.

»Ok«, sagte Miguel. Mehr nicht. Für eine Weile breitete sich Stille in dem stickigen Keller aus. Ollin warf einen Blick zu dem mit Brettern vernagelten Fenster. Draußen musste es bereits Mittag sein, vielleicht schon Nachmittag.

»Weißt du«, setzte Miguel an. »Der Typ ist eigentlich der Einzige, den ich kenne, und dem ich vertraue. Du weißt, ich habe mich von solchen Sachen immer ferngehalten, nur mein Gras, das habe ich gekauft. Aber einer, der mit Kokain dealt, der ist anders, der zieht auch mal schnell ein Messer oder liefert dich einer Gang aus.« Seine Stimme zitterte bei diesen Worten. Ollin spürte seine Angst, ein Gefühl, das ihm vertraut war, vertrauter als Freude, Trauer oder Wut. Er schwieg. In ihm waren keine Worte mehr, nur noch die Verzweiflung, die er nicht mehr im Zaum halten konnte. Heute entschied sich sein Leben und er musste hilflos zusehen, wie diese Gelegenheit davonzog. Dieser Moment würde ihn verfolgen, das wusste er. Er war gescheitert, bei der einzigen Sache, die ihm jemals wirklich wichtig gewesen war. Anfangs war es nur eine

Möglichkeit gewesen, sich abzulenken. Er hatte Texte geschrieben, fieberhaft und leidenschaftlich, und sie anschließend mit heiserer Stimme in das Mikrophon gehämmert. Miguel hatte einiger seiner Tapes auf der Straße verteilt und irgendwann hatten immer mehr in seinem Viertel seine Musik gehört. Sie sangen seine Texte, fühlten seine Wut, seine Angst, seinen Schmerz, aber nicht nur seinen, sondern den ganzen der Generationen, der weitervererbt worden war, weil niemand über das Unrecht der Vergangenheit sprach.

Ollin schluckte, als er daran dachte, wie er zum ersten Mal jenes seltsame Gefühl von Frieden gefühlt hatte, nachdem er das erste Mal vor einem Publikum aufgetreten war. Die Zuhörer hatten an seinen Lippen gehangen und nach jedem Song hatten sie ihm zugejubelt. Seine Musik war kein stumpfer Ghettosound, es ging nicht um Gangster und heiße Mädchen, es ging um die wichtigen Dinge, um das, was so viele vergessen wollten und doch nicht konnten. Ab jenem Augenblick hatte er gewusst, dass nur noch die Musik ihn retten, ihn befreien und ihm Schutz vor den Dämonen geben konnte. Mit ihr schrieb er sich all das Dunkle aus sich heraus, wie ein Abfluss. Nahm man ihm die Musik, dann würde er an seiner eigenen Finsternis ersticken.

Er sah zu der Kabine. Das Blatt mit dem unfertigen Text lag auf seinem Stuhl. Miguel folgte seinem Blick. Auch ohne Worte zwischen ihnen ahnte Miguel, wie es in seinem Freund aussah. Er liebte Ollin, der so verschlossen und anders war als die anderen Jungs in den Slums, wie einen Bruder.

»Es gibt eine Möglichkeit, bei der ich es versuchen könnte. Es ist der Bruder von einem Mädchen...«

Ollin blickte zu ihm herab.

»Tu es«, flüsterte er. »Bitte!«

Wortlos stand Miguel auf. Sein Gesicht war seltsam starr, als er zur Tür ging.

»Ich bin gleich wieder da«, sagte er und war verschwunden. Ollin blieb allein zurück. Der Sturm seiner Gedanken toste in seinem Kopf, ohne dass etwas Sinnvolles darunter gewesen wäre. Widerstreitende Gefühle kämpften in seinem Inneren um die Oberhand und er entschied sich, keines davon zu beachten. Alles, was zählte, war der Auftritt.

Eine quälende Ewigkeit verstrich, ehe Miguel zurückkehrte. In seinen dunklen Augen lag ein gehetzter Ausdruck, den Ollin nicht zu deuten vermochte.

»Alles in Ordnung?«, fragte er, doch Miguel nickte nur. Er zog ein kleines Briefchen aus seiner Tasche und begann, das weiße Pulver auf dem Spiegel zu zerkleinern. Während Ollin ihm dabei zusah, spürte er, wie sich seine Gedanken und auch seine Gefühle beruhigten. Jetzt würde alles gut werden, das wusste er. Mit dem Zeug war er unschlagbar, nur heute Nacht, nur dieses eine Mal.

»Paradoxx, Paradoxx«, johlte die Menge. Ollin spähte durch den Vorhang nach draußen und sah nur die erhobenen Arme der dicht gedrängten Menge. Sie riefen nach ihm, sie waren nur wegen ihm hier. Dieser Gedanke versetzte Ollin in ein kurzes Hochgefühl. Viele waren gekommen, viel mehr als erwartet. Heute Abend würde es passieren, er konnte es spüren. Irgendwo da draußen in dieser Menge stand jemand, der nach dem heutigen Abend sein Leben verändern würde. Vorbei mit der Schufterei am Hafen, der elenden Hütte, mit Mirthas Ausbrüchen, mit der Dunkelheit ihn ihm. Ollin ballte die Fäuste.

»Bist du bereit?«, fragte ihn Miguel, der brüllen musste, um den Lärm der Menge zu übertönen. Sein Gesicht wirkte gespenstisch bleich in dem Licht hinter der Bühne, beinahe unwirklich. In seinen Augen lag ein unergründlicher Ausdruck. Später würde sich Ollin oft wünschen, er hätte diesem Ausdruck mehr Aufmerksamkeit geschenkt, wäre nicht nur mit sich und seinem Auftritt beschäftigt gewesen. Hätte er genauer hingesehen, dann hätte er vielleicht den Schatten gesehen, der auf Miguels Seele lag und ihn vorbereitete auf den Übergang in eine andere Welt. Doch Ollin nickte nur, unfähig zu antworten. Seine gesamte Konzentration lag nur auf dem Moment, in dem er die Bühne betreten und nach dem Mikrofon greifen würde.

Miguel klopfte ihm auf die Schulter. Er zog sich in die Dunkelheit hinter ihm zurück, verschmolz mit ihr und verschwand. Ollin war allein. Sein Herz klopfte, stark und gleichmäßig. In seinem Inneren war es still. Der Moderator kündigte ihn an und im nächsten Augenblick betrat er unter ohrenbetäubenden Jubel die Bühne und trat in das gleißende Licht der Scheinwerfer. Als der erste Beat an sein Ohr drang, öffneten sich seine Lippen wie von selbst, die ersten Worten quollen hervor und dann schaltete sich sein Verstand ab. Die Musik, seine Texte, sie flossen aus ihm heraus, verwandelten sich in Geschosse, von denen jedes einzelne sein Ziel traf. Mit traumwandlerischer Sicherheit bewegte er sich durch die Zeilen, die Strophen und die Songs. Zeit wurde unbedeutend, sogar die tobende Menge vor ihm löste sich auf. Er war allein und doch mit allem verbunden.

Erst erkannte er nicht, dass sich unter den Jubel Schreie des Entsetzens mischten. Er sang noch einige Zeilen, dann wurden die Schreie lauter, der Beat erstarb und er spürte, wie eine eisige Hand nach seinem Herzen griff und es mit unbarmherziger Kraft zusammenpresste, bis alles Leben daraus entwichen war. Ollin ließ das Mikrofon sinken und legte die Hand über die Augen, um gegen das Licht der Scheinwerfer erkennen zu können, was los war.

In dem Saal mit der niedrigen Decke, in dessen eine Ecke jemand eine roh gezimmerte Bühne gestellt hatte und in die andere eine Bar, war Panik ausgebrochen. Menschen rannten durcheinander und stolperten über Beine, Arme, Körper. Ollins Blick raste hin und her, um die Ursache für den Tumult zu entdecken. War irgendwo ein Feuer ausgebrochen? Er roch keinen Rauch und konnte auch sonst keine Anzeichen dafür sehen.

Dann hörte er die Schüsse, harte, metallene Geräusche, die die Nacht zerrissen und dieses entsetzliche Gefühl in seiner Magengrube auslösten. Wie in Trance ließ Ollin das Mikrofon fallen und sprang von der Bühne, mitten in die Menge. Noch immer wurde geschossen, doch nun stellte er fest, dass die Schüsse von draußen kamen, aus dem Vorraum. Für einen kurzen Moment schoss ihm der schreckliche Gedanke durch den Kopf, dass Aline entgegen ihrer Ankündigung sich doch unter die Zuschauer gemischt hatte, um ihn zu überraschen, doch er verdrängte den Gedanken sofort wieder. Er musste herausfinden, was da los war.

Wieder kamen Schreie von draußen, doch diesmal klangen sie anders, nicht panisch, eher verzweifelt. Quietschende Reifen waren zu hören, ein Motor heulte auf, dann Stille, unerträgliche Stille, die ihn mitten in das Herz schnitt. Etwas war geschehen, etwas

Schreckliches, das nicht wieder gut zu machen war, das wusste er mit untrüglicher Sicherheit. Er erkannte den Tod, wenn er an ihm vorüberging, dazu war er ihm zu oft begegnet. Mit steifen Schultern drängte er sich durch die immer noch panischen Menschen im Saal und bahnte sich einen Weg nach draußen.

Das Erste, was er sah, war Blut, das sich mit dem Sand der Straße zu einem krümeligen, tiefroten Brei vermischte. Dann machte vor ihm jemand einen Schritt zur Seite und da lag Miguel, auf der Straße, leblos, mit diesem großen, roten Fleck auf seiner Brust, der schnell größer wurde.

»Es war nicht deine Schuld, das weißt du?« Johns Stimme drang von weit her in seine Gedanken. Ollin stand am Fenster, reglos und blickte hinaus auf die Straße, auf der sich Autos, Fahrräder und Fußgänger drängten. Direkt neben der Eingangstür zu Johns Laden bot ein alter Indio bunte Armbänder an, die er mit seinen arthritischen Fingern selbst knüpfte.

Ollin schwieg. In der letzten Zeit sprach er wenig, manchmal keinen Satz am ganzen Tag. Was vor zwei Monaten während seines Konzerts geschehen war, hatte ihn verstummen lassen. Miguel war tot, sein Leichnam verrottete bereits in seinem Grab auf dem Armenfriedhof. Spenden würden dafür sorgen, dass er zumindest ein anständiges Kreuz bekam.

Die Männer waren einfach aufgetaucht. Sie sagten, Miguel habe sich nicht an die Regeln gehalten, hätte einer der unsichtbaren Grenzen der Gangs unerlaubt überschritten, die die ärmeren Viertel der Stadt kreuz und quer durchzogen. Er hatte sich nur etwas kaufen wollen, doch Miguel war kein erfahrener Konsument, nur ein Kiffer, und er hatte sich an den Falschen gewandt. Der dachte, er gehörte zu einer konkurrierenden Gang und lockte ihn in einen Hinterhalt. Miguel konnte entkommen, doch in seiner Panik nahm er den Stoff mit, den der Mann als Köder benutzt hatte. Dafür kamen sie zu dem Konzert, um ihn zu töten. So wenig konnte ein Menschenleben wert sein, in einer Stadt wie Manaus, ein Päckchen Pulver.

»Du musst die Vergangenheit ruhen lassen, sonst frisst sie dich auf, verschlingt dich wie ein gieriges Raubtier«, sagte John, in dessen Worte sich immer noch der harte Akzent seiner verlorenen Heimat mischte.

Ollin reagierte nicht. Er hatte sie satt, die immer gleichen, klugen Phrasen. Sie waren sinnlos, wie die Gebete, die man Mirtha gelehrt hatte und die sie an schlimmen Tagen unablässig rezitierte. Sie hatten keinerlei Bedeutung, sie sollten die Menschen nur beruhigen, damit sie sich nicht gegen das Unvermeidliche auflehnten. Die Welt war ungerecht und das Beste war, sich dieser Ungerechtigkeit einfach zu ergeben. Schlaflieder waren es, gemacht, um die Massen zu betäuben. So brachte man sie dazu, lieber fernzusehen oder dem Kauf sinnloser Anschaffungen nachzugehen, als mit ihren Kindern zu spielen, ein Buch zu lesen oder bei einem Blick in den Nachthimmel darüber nachzudenken, ob die Welt so brutal, feindlich und ungerecht sein musste oder ob es Menschen gab, die sie so machten.

Er war ein Narr gewesen, törichter als jeder Patient in der Irrenklinik, in der auch Mirtha manchmal ein paar Wochen verbringen musste, wenn es ihr besonders schlecht ging. Er hatte seine Augen verschlossen vor dem, was so klar vor ihm lag und hatte sich in etwas verrannt. Nun hatte er den Preis dafür bezahlt, einen verdammt hohen Preis, doch den höchsten Preis hatte Miguel bezahlt. Miguel war tot, weil er einen Traum gehabt hatte, von dem er nicht hatte lassen können, obwohl ihm jeder Widerstand eine Warnung hätte sein müssen, dass dieser Traum nicht für ihn bestimmt war und dass es nur Leid bedeutete, ihn weiter zu verfolgen.

»Miguel ist tot und du bist noch am Leben und das Beste, was du tun kannst, um ihn zu ehren, ist dieses Leben zu leben«, fuhr John fort und seine Stimme klang belegt dabei.

Ollin drehte seinen Kopf und sah den Antiquitätenhändler an. Seine Kiefer malmten aufeinander und seine Hände zuckten.

»Ich kenne diesen Zorn, der in dir wütet«, sagte John rau. »Er hält dich am Leben, aber er verbrennt dich auch, Ollin.«

Er machte eine Pause, um seinen Worten Wirkung zu verleihen.

»Ich habe einen Job für dich«, sagte er mit veränderter Stimme. Auf Ollins Gesicht flackerte Überraschung auf, doch der Moment verging rasch und seine Züge nahmen wieder jenen versteinerten Ausdruck an, den sie seit Miguels Tod unablässig zeigten und vor dem Aline sich zu fürchten begann.

»Meine Augen sind nicht mehr die besten und ich brauche einen Fahrer. Ich werde dich gut bezahlen und du wirst nicht länger am Hafen arbeiten müssen.«

Auf seine Worte folgte Stille. Ollins gepeinigter Verstand setzte sich in Bewegung, träge und schwerfällig. In seinem Blick flackerte etwas auf, das den alten Mann ermunterte, weiterzusprechen.

»Wenn ein Mann, nachdem er in den Abgrund der Menschlichkeit geblickt hat, weiterleben will, dann braucht er zumindest ein Ziel. Er braucht etwas, das seinen Geist beschäftigt und am Leben erhält und von den Erinnerungen ablenkt. Hast du so ein Ziel?«

Beinahe hätte Ollin einen verächtlichen Laut ausgestoßen, doch sein versteinertes Gesicht unterdrückte den Impuls.

»Hast du deine Stimme verloren? Sprich, mein Sohn!«

Johns Blick ruhte auf ihm. Die Wärme, die er in ihm las, brannte auf seiner Haut und beinahe wünschte er sich, er könnte laut aufschreien. Er blieb stumm. Schließlich räusperte er sich.

»Meiner Mutter geht es schlecht. Wir können das Geld gut gebrauchen.« Eine nüchterne Antwort, die sein Verstand ausgespuckt hatte, ohne dass sein versteinertes Herz daran einen Anteil hatte. Er konnte die eiskalte Hand noch immer spüren, die es berührt hatte genau in dem Moment, als Miguel in dem feigen Kugelhagel seiner Mörder starb.

»Du kannst morgen anfangen«, sagte John. Er griff nach einem Zettel und kritzelte eine Adresse darauf, bevor er ihn Ollin entgegenhielt. Ollin sah das Stück Papier an, ohne danach zu greifen.

»Das ist meine Adresse«, erklärte der alte Mann. »Hole mich um acht Uhr ab, damit ich den Laden rechtzeitig eröffne.«

Langsam griff Ollin nach dem Zettel und starrte auf die Adresse. Zum ersten Mal kam ihm der Gedanke, dass er überhaupt keine Ahnung hatte, wo John lebte. Irgendwie hatte er angenommen, der Antiquitätenhändler schliefe auch in seinem Laden, auch wenn das bei genauerem Hinsehen absurd war. Natürlich hatte John eine Wohnung, ein Zuhause.

»Es wird hin und wieder vorkommen, dass ich deine Dienste auch nachts beanspruche.« Er hob besänftigend die Hände.

»Keine Sorge, das wird nicht allzu oft geschehen. Doch ich muss mich auf deine absolute Diskretion verlassen, Ollin, das ist sehr wichtig. Aus diesem Grund kommt es mir sehr gelegen, dass du dich entschlossen hast, zu schweigen.«

Ollin blinzelte. Nahm ihn John etwa auf den Arm? Das Gesicht des alten Mannes strahlte noch immer die gleiche Güte aus, wie beim Machen seines Angebots. Kein Arg lag darin, dafür etwas anderes, das Ollin nicht genau identifizieren konnte, dass aber seinen Herzschlag für einen kurzen Moment beschleunigte.

Er zuckte die Achseln. Dann streckte er seine Hand aus und legte sie auf die Türklingel. Er hob das Kinn und nickte zum Abschied.

»Ollin?«, rief ihn John zurück, als er schon beinahe aus der Tür war. Ollin hielt mitten in der Bewegung inne, ohne sich umzudrehen.

»Die Sachen, die du mir gebracht hast, vor dem Wettbewerb. Ich weiß, dass sie von einem Einbruch stammen.«

Keine Wertung, kein Urteil lag in der rauen Stimme des Mannes. Ollin bewegte sich noch immer nicht.

»Das war eine große Dummheit, die dich für die nächsten zehn Jahre in das Gefängnis hätte bringen können oder Schlimmeres. So eine Dummheit wirst du nie mehr begehen, ganz gleich zu welchem Zweck.« John sagte das ganz nüchtern, wie eine Feststellung, mit der er keinerlei Gefühle verband.

Ollin verharrte noch einen Augenblick, dann drückte er die Türklinke mit Elan nach unten und setzte seine Schritte auf die staubigen und vor Hitze flimmernden Straßen der Stadt.

Diesmal spürte er den Tod nicht vorübergehen, er hatte keine Ahnung, was sich wenige Straßen entfernt, in der kleinen Hütte am Fluss ereignete. Mirthas Seele flog ungesehen davon. Er wusste es erst, als er die Hütte betrat. Es war die Stille, die ihm verriet, dass hier der Tod zu Gast gewesen war und etwas mitgenommen hatte.

Mirtha lag regungslos auf dem Sofa. Ihre Augen waren geschlossen, ihr Mund war entspannt. Sie sah aus, als ob sie schliefe, friedlicher als im Wachzustand, doch unverkennbar gequält von den Dämonen, die sie inzwischen pausenlos heimsuchten. Ihre Brust hob und senkte sich nicht mehr. Ihr Körper war nur noch eine leere Hülle, das spürte Ollin. Er sank auf die Knie. Das ganze Gewicht der Welt schien auf ihn hereinzubrechen, um ihn unter sich zu begraben. Tränen flossen über seine Wangen, ohne dass ein Laut über seine Lippen kam. Draußen wanderte die Sonne über den Horizont, versank irgendwo im Westen hinter der Wildnis des Urwalds.

So fand ihn Aline. Es bedurfte keiner Worte. Ein Blick in sein Gesicht und dann zu der reglosen Gestalt auf dem Sofa genügte und sie verstand. Mit einem Keuchen ließ sie sich neben ihn sinken und schloss ihn in die Arme und sie weinten, lange, ohne ein Wort zu sprechen.

»Hier«, sagte John. Es fiel Ollin schwer, sich in das Gedächtnis zu rufen, dass der alte Mann hinter ihm auf der Rückbank des alten Mercedes saß, mit dem er ihn durch die verstopften Straßen von Manaus chauffierte. In der letzten Zeit schweiften seine Gedanken häufig ab, ohne dass er zu sagen vermocht hätte, wohin. Manchmal kam es ihm vor, als käme er erst wieder zu Bewusstsein, wenn ihn jemand aus dieser inneren Abwesenheit herausriss.

John hielt ihm eine dunkle Zigarre hin. Ihr süßlicher, schwerer Rauch stieg Ollin in die Nase.

»Die Europäer haben alles korrumpiert«, sagte John und räusperte sich umständlich. Sie standen wie so häufig im Stau. Trotz lauten Hupens und wütender Rufe bewegte sich schon seit Minuten nichts in der Blechlawine. Ollin nahm die Zigarre und setzte sie an die Lippen. Er nahm einen Zug und begann sofort zu husten. Der Rauch war viel intensiver als der einer Zigarette. John lachte.

»Zigarren inhaliert man nicht, man pafft sie nur, mein Sohn. Das kannst du dir gleich merken, falls du mal in die Situation kommst, dass du mit einem reichen Pinkel eine Zigarre rauchen musst.«

Ollin warf John im Rückspiegel einen desinteressierten Blick zu. Die Sonne brannte heiß auf das schwarze Dach des Oldtimers, der keine Klimaanlage hatte, dafür aber einen Motor, der schnell heiß lief. Er reichte John die Zigarre zurück und unterdrückte ein weiteres Husten. Der Antiquitätenhändler nahm sie und betrachtete sie dann, als wollte er sie studieren.

»Für die Indianer, ganz gleich ob in Nord- oder Südamerika, war der Tabak eine heilige Pflanze. Sie nutzten ihn, um mit den Ahnen oder ihren Göttern zu kommunizieren. Sie kannten Drogen, sogar Rausch, doch sie nutzten ihn ausschließlich für ihre Rituale. Das Saufen um des Vergnügens willens war ihnen fremd. Dann kam der weiße Mann und er tat zwei Dinge: Er nahm den Tabak mit und verwandelte ihn in ein Genussmittel und er brachte den Indianern das Trinken bei. Das heißt, er brachte ihnen den Alkohol, das Trinken haben sie bis heute nicht gelernt.« John stieß ein freudloses Lachen aus.

Ollin schwieg. Er war müde und es war unerträglich heiß. Außerdem kratzte sein Hals noch immer von dem ungewohnten Zigarrenrauch.

»Aber Tabak ist etwas Heiliges und es ist an der Zeit, dass auch die Europäer das verstehen. Mit jeder Zigarette senden wir lauter Botschaften zu unbekannten Göttern und wundern uns dann über ihre Antworten.«

Er schien keine Antwort zu erwarten, denn er redete im Plauderton einfach weiter.

»Mein Traum war es immer, irgendwo im Urwald eine Tabakplantage mit alten Tabaksorten aufzubauen und die dann für viel Geld, aber auch mit dem Wissen um die Bedeutung des Tabaks in die Welt zu verkaufen, an die Europäer. Das täte ihnen gut.«

Wieder streifte ihn Ollins Blick im Spiegel.

»Warum hast du es dann nicht getan?«, brummte er ohne wirkliches Interesse.

John schwieg lange. Fast war Ollin schon überzeugt, der alte Mann sei mit seinen Gedanken bereits wieder woanders, irgendwo eingetaucht in den gewaltigen Strom seiner Erinnerungen, hörte er ihn sagen, leise, aber mit einer Entschlossenheit in der Stimme, die Ollin unwillkürlich frösteln ließ: »Weil ich hier noch etwas zu tun habe.«

»Es geht einfach nicht mehr.« Im dunklen Wimpernkranz um Alines Augen schimmerten Tränen. Ihre Hände verkrampften sich ineinander und Ollin stellte sich vor, wie er seine Hand ausstrecken würde und ihre Hände fassen, sie in seine nehmen und Aline beruhigen würde, doch die Barriere zwischen ihnen beiden war längst unüberwindlich geworden, gehärtet von den langen Monaten, in denen sich Ollin ganz und gar seinen Dämonen hingab.

Das Koksen hatte er aufgegeben, in der Nacht, in der Miguel starb. Seither hatte er keine Line mehr angerührt, doch er wusste, dass es nicht auf die Droge ankam, sondern nur auf das Brüllen in seinem Inneren. Einige Wochen nach der Beerdigung seines besten Freundes hatte er das Spielen entdeckt. Genau genommen war es Johns Schuld. Er hatte ihn eines Nachts in ein Casino geführt. Die spannungsgeladene Atmosphäre, der Wimpernschlag, der zwischen Sieg und Niederlage entschied, hatte Ollin sofort in ihren Bann gezogen. Als er an einem der Tische Platz nahm und der Geber die Karten austeilte, hatten seine Hände diese wie von selbst aufgenommen und sortiert. Er wusste, wie man spielte, auch wenn er sich nur an wenige Gelegenheiten erinnern konnte. Jetzt aber ging es um etwas, es gab einen Einsatz. Und Ollin gewann. Er gewann oft. Sein undurchdringliches Gesicht war für sein Gegenüber nicht zu lesen, er dachte schnell und analytisch, doch häufig folgte er einfach seinem Bauchgefühl, winzigen Impulsen, die aus Regionen seines Bewusstseins stammten, die er weder verstehen konnte noch wollte.

In seiner ersten Nacht im Casino gewann er mehr, als er sonst in zwei Jahren verdiente. Auch in der zweiten Nacht gewann er. Doch in der dritten Nacht verlor er alles. Ollin wusste es nicht, doch er war süchtig. Nie zuvor hatte er einen solchen Adrenalinkick verspürt, hatte sich so lebendig gefühlt. Nicht durch die Musik, das Kokain oder den Einbruch. Er hatte seine Droge gefunden und er ließ sich von ihr vereinnahmen und aussaugen wie von einer Geliebten.

»Du bist nicht mehr du selbst«, stieß Aline mit einem gequälten Ausdruck in den Augen hervor. Ollin betrachtete sie, ihr Gesicht, das er so sehr geliebt hatte und immer noch liebte, doch nicht auf die Weise, die sich Aline so sehnlich wünschte. Es schmerzte ihn, sie zu sehen, ihr Leid, ihre Verzweiflung und irgendwo in ihm regte sich Selbsthass dafür, dass er ihr das antat, doch es gab kein Zurück mehr. Spätestens mit Miguels gewaltsamen Tod hatte sein Leben eine Wendung genommen, die nicht mehr rückgängig zu machen war. Irgendwo, in einer alternativen Realität, in der all das nie geschehen war, gab es vielleicht eine Chance für sie, in der sie heirateten und einen Haufen Kinder bekamen, so wie es sich Aline wünschte, doch hier und jetzt war ihr Lied zu Ende, ihre Melodie verklungen. Was er für Aline gefühlt hatte, die Hoffnung, die tiefe Liebe und die schwer erträgliche und doch so wunderbare Verletzlichkeit, die dieses Gefühl mit sich gebracht hatte, war gestorben, in dem Augenblick, in dem Miguels Herz aufgehört hatte zu schlagen.

Er war ein Verdammter, das wusste er jetzt. Er würde seinem Weg folgen, auch wenn er nicht wusste, wohin. Er wusste nur, dass er ihn immer tiefer und tiefer in die Dunkelheit führte.

Aline hob den Blick. Ihre Augen tasteten sein Gesicht ab, als suchten sie darin nach irgendetwas, das ihr Hoffnung gab. Ihr Blick schien zu brechen, als sie erkannte, dass ihre Hoffnung vergeblich war. Sie senkte den Blick und Ollin spürte einen kurzen Stich. Es war nicht richtig, dass sie so traurig war und seinetwegen so sehr litt, doch letztlich war das nur ein weiterer Stein in dem riesigen Gepäck seiner Schuld.

»Sag doch etwas«, flehte sie. Die Tränen liefen nun über ihr Gesicht. Sie saßen in dem Café, in dem sie früher so gerne nach einer gelungenen Aktion oder einem Treffen der Gruppe gefeiert hatten. Ollin kam es vor, als stammten diese Erinnerungen aus einem anderen Leben. Sie gehörten nicht länger zu ihm. Er starrte auf seine Hände, auf die muskulösen Sehnen seiner Unterarme und wünschte, es gäbe etwas, das er ihr sagen könnte, um ihren Schmerz zu lindern, um es leichter für sie zu machen, doch da war nichts. Also saß er still und wartete, bis der Moment vorüberging.

Jetzt war es Aline, die in ihrer Verzweiflung ihre Hand nach ihm ausstreckte und sie auf seine legte. Er erschauerte, als er zum letzten Mal bewusst wahrnahm, wie weich und warm ihre Haut war. In diesem Moment wusste er, dass sich für den Rest seines Lebens nach dieser Berührung sehnen würde.

»Ich verstehe dich nicht mehr.« Aline brach in ein verzweifeltes Schluchzen aus, hatte sich aber sofort wieder im Griff. Sie straffte sich, ihre zarten Schultern wie immer ein Ausdruck ihrer Entschlossenheit. Er konnte nur ahnen, wie viel Überwindung es sie kosten musste, aufzustehen und die letzten Worte des Abschieds an ihn zu richten.

»Leb wohl, Ollin«, sagte sie und dann ging sie langsam davon, eine schmale Gestalt, die sich sehr aufrecht hielt und der ein viel zu dunkler Schatten folgte.

Staub tanzte in den wenigen Sonnenstrahlen, die durch die fast vollständig geschlossenen Jalousien in Johns Laden fielen. Der Antiquitätenhändler saß in seinem abgewetzten Lehnsessel an seinem Schreibtisch aus dunklem Tropenholz und betrachtete mit einer Lupe eine filigrane Taschenuhr.

Ollin saß ihm gegenüber und trommelte ungeduldig auf das Polster des Sofas, das schräg gegenüber von Johns Schreibtisch stand und eigentlich für Besucher gedacht war, doch Ollin sah hier drin niemals Besucher, noch nicht einmal Kunden. Manchmal fragte er sich, wie John seinen Lebensunterhalt finanzierte, doch im Allgemeinen ging er davon aus, dass John vom Verkauf einzelner, sehr wertvoller Stücke lebte, die auf informelleren Wegen den Besitzer wechselten als einen heruntergekommenen Antiquitätenladen in der Nähe des Hafens.

Die Stimme des Nachrichtensprechers aus dem leise gedrehten, fast schon antik wirkenden Schwarz-Weiß-Fernseher, der links über dem Schreibtisch hing, fing Ollins Aufmerksamkeit ein. Er stand auf und machte lauter. Die Bilder zeigten schwer bewaffnete Militärs, die mit vorgehaltenen Maschinenpistolen gegen halbnackte Indios vorgingen, die sich ihnen todesmutig entgegenstellten.

»...erneut kam es im Norden des Bundesstaats Amazonas zu heftigen Protesten der indigenen Bevölkerung. Die Vertreter von Southern Trade Corp. Ltd. versuchen seit Monaten, die Ureinwohner von der dringend notwendigen Umsiedelung zu überzeugen, doch trotz großzügiger Angebote lehnten das deren Anführer bislang ab. Nach dem Verstreichen einer letzten Karenzzeit sieht sich das Militär nun genötigt, das Gebiet zu räumen, da bereits morgen mit dem Fluten des mehr als 2600 Quadratkilometer großen Gebiets begonnen werden soll...«

Ollin schaltete den Fernseher ab und ballte die Hände zu Fäusten.

»Diese verdammten Schweine«, zischte er. »Das korrupte Landwirtschaftsministerium steckt mit ihnen unter einer Decke, sonst hätten sie nie die Erlaubnis bekommen, so ein riesiges Urwaldgebiet einfach zu fluten - nur weil sie mehr Energie für ihre dreckigen Maschinen brauchen, mit denen sie dann noch mehr Regenwald abholzen.«

John schwieg und schien noch immer ganz in die Betrachtung der silbernen Taschenuhr versunken, welche er vorsichtig zwischen zwei Fingern hielt. Dann aber legte er die Lupe und auch die Taschenuhr beiseite, griff nach seiner Pfeife und stopfte sie. Als der süßliche Rauch die ohnehin schon stickige Luft in dem kleinen Ladenlokal erfüllte, griff er nach der Taschenuhr und hielt sie hoch.

»Weißt du, was das ist?«

Ollin zuckte mit den Achseln. »Eine Taschenuhr?«

»Das ist keine gewöhnliche Taschenuhr. Sie stammt aus der Werkstatt von Mathias Allmann aus Zürich, dem begnadetsten Uhrmacher des vergangenen Jahrhunderts, der wiederum aus einer Familie stammte, die seit acht Generationen nichts anderes tat, als die Uhrmacherkunst zur Perfektion zu bringen. Diese Uhr hatte bereits kurz nach ihrer Fertigstellung im Jahr 1822 einen Wert, der etwa einem Jahreslohn eines gewöhnlichen Arbeiters entsprach und dem mehrerer Monatslöhne eines Lehrers. Seine Uhren wurden nur in den exklusivsten Läden der Welt gehandelt und sie überlebten ihre Besitzer meistens um viele Jahrzehnte, ohne auch nur ein einziges Mal gewartet zu werden.«

Ollin zog eine Zigarette aus seiner Brusttasche und zündete sie an. So sehr er den Job bei John auch schätzte, so sehr empfand er dessen Leidenschaft für langwierige Geschichten aus dem alten Europa als Herausforderung. Es lag nicht an den Geschichten – sie waren spannend und John war ein guter Erzähler – es lag an ihm. In der letzten Zeit fiel es ihm immer schwerer, sich auf etwas zu konzentrieren oder auch nur länger als fünf Minuten still zu sitzen. Etwas in ihm trieb ihn an, ließ ihn nicht zur Ruhe kommen, auch nachts nicht. Nur noch selten fand er mehr als zwei oder drei Stunden Schlaf am Stück, verbrachte die Nächte rastlos in den Straßen von Manaus. Er ertrug die Stille nicht, seit Aline und Mirtha fort waren und der Klang seiner eigenen Gedanken machte ihn wahnsinnig. Die Bars der Stadt, ihre Vergnügungshöllen und Spielstuben, sie waren seine Heimat geworden, wenn er nicht gerade

John durch die Gegend fuhr, was nur einige wenige Stunden seiner Zeit in Anspruch nahm. Doch John zahlte gut, auch wenn er aufgrund seiner Spielsucht chronisch pleite war und bei einigen weniger angenehmen Menschen in der Stadt inzwischen beträchtliche Schulden angehäuft hatte.

Die plötzliche Stille ließ ihn ahnen, dass John eine Antwort oder eine interessierte Frage erwartete, also tat er ihm den Gefallen. »Woher hast du die Uhr?«, fragte er.

»Diese Uhr befindet sich angeblich seit mehr als 100 Jahren im Besitz der Familie Silva, deren erstes Mitglied vor rund 60 Jahren hier in Manaus aufkreuzte, damals noch unter dem Namen Mario Milano. Angeblich stammte er aus Trient, doch als jemand, der ein passables Italienisch spricht, kann ich dir verraten, dass er den dafür passenden Dialekt mehr als vermissen ließ und eher wie jemand klang, den man in Sizilien vermuten würde.«

»Aha«, machte Ollin, der mit seinen Gedanken bei der für heute anberaumten Pokerrunde mit hohen Einsätzen war und sich fragte, ob ihm John möglicherweise noch einmal einen Vorschuss geben würde.

»Mario Milano behauptete, dass er nach dem Krieg eine gut gehende Schuhfabrik irgendwo bei Trient verkauft und mit dem Geld hierher nach Brasilien gekommen war. Den neuen Nachnamen legte er sich angeblich zu, damit er hier als Geschäftsmann schneller Fuß fassen konnte.«

Wieder legte John eine kurze Pause ein, während er die Uhr erneut nachdenklich betrachtete und ihren Verschluss auf- und zuschnappen ließ. Zwei Dinge sind an der Familie Milano auffällig. Zum Einen haben sie nicht den Habitus, den man bei einer wohlhabenden Industriellenfamilie vermuten würde. Mario Milano hat etwas von einem Metzger, derb und ungebildet, irgendwie roh. Ein Schlachter.«

Ollin runzelte die Stirn. Etwas in Johns Stimme ließ ihn aufhorchen.

»Zum anderen wirkte er nicht wie jemand, der dieses Meisterstück eines Schweizer Uhrmachers als Familienerbstück erhalten hat. Nun ist Mario Milano verstorben und seine Kinder und Enkel machen sein Hab und Gut zu Geld und lassen alles schätzen, was

sie in seiner Villa draußen am Stadtrand hinter den hohen Zäunen mit den Sicherheitskameras finden können: Gemälde, alte Bücher, Schmuck und eben auch Uhren. Habgierig wie sie sind, interessierten sie sich nicht dafür, woher die Sachen stammten und genau das macht die Sache spannend. Dabei wandten sie sich ausgerechnet an mich, weil ich als Experte für europäische Kunst ab dem 19. Jahrhundert gelte, vor allem seit der Jahrhundertwende. Zufällig weiß ich über jede Uhr, die Mathias Allmann je gemacht hat, genauestens Bescheid. Du musst wissen, damals gab es noch keinen elektrischen Strom und er arbeitete oft bei Kerzenlicht, was seine Augen schlecht werden ließ, so dass er im Leben exakt 50 Taschenuhren herstellte, jede von ihnen perfekt und ein Meisterstück. Die meisten Uhren befinden sich heute in Museen oder in teuren Privatsammlungen und sie werden zu horrenden Preisen versteigert. Seit mehr als 100 Jahren kursiert unter Sammlern eine Liste mit allen Uhren, denn jede trägt eine einzigartige Signatur.«
John drehte die Uhr um und zeigte Ollin einen winzigen, eingravierten Schriftzug auf der Rückseite.

»Diese edle Uhr hier gehörte einst einem Mann namens Michele Marrezi aus einer wohlhabenden, römischen Familie, alter Adel. Seine Frau hatte ihm die Uhr geschenkt und sie war es auch, die den Polizeibeamten erzählte, dass sie verschwand, nachdem ihr Mann unter ungeklärten Umständen zu Tode kam. Er wurde ermordet, spät nachts in seinem Büro. Der Einbrecher prügelte ihn zu Tode und verschaffte sich Zugang zu seinem Safe, aus dem er eine beträchtliche Summe entwendete und weitere wertvolle Dinge, unter anderem diese Uhr. Sein Mörder wurde nie gefunden, doch ich habe mit Diana Marezzi, der Witwe gesprochen, und sie sagte mir, dass die Uhr irgendwann den Mörder überführen wird. Und nun sieht es so aus, als hätte sie nach all den Jahren Recht behalten.«

Ollin legte die Stirn in Falten. »Du meinst, Milano war der Mörder?«, fragte er. Das wäre nicht weiter verwunderlich; die Stadt im Dschungel mit ihren undurchsichtigen Gassen und Verflechtungen in Politik und Kriminalität bot den perfekten Unterschlupf für einen Verbrecher, der nicht gefunden werden wollte.

»Mit dem Geld aus dem Überfall gründete Milano hier ein Unternehmen, aus dem binnen weniger Jahrzehnte ein Imperium wurde. Die Familie gehört zu den reichsten der Stadt.«

Neugierig sah Ollin seinen Arbeitgeber an.

»Was hast du jetzt vor?«

»Wir werden der Familie Silva einen Besuch abstatten und sehen, ob Marios nichtsnutzige Enkel über die Herkunft seines Erbes Bescheid wissen.«

Ollin runzelte die Stirn.

»Denkst du, sie werden das so einfach herausrücken? Immerhin ist das ganze Zeug doch ganz schön wertvoll.«

John warf ihm einen seiner durchdringenden Blicke zu. Dann öffnete er die Schublade seines Schreibtischs und holte einen kleinen Revolver hervor, dessen Metall in den spärlichen Sonnenstrahlen aufblitzte. Er schob ihn sich in die Manteltasche und hielt Ollin ein etwas größeres Modell hin.

»Na, komm schon, ich habe nicht viel Zeit«, sagte er. »Oder dachtest du, dein Job beschränkt sich nur darauf, diesen alten Furz durch die Gegend zu fahren?«

Die Villa lag in Dunkelheit. Nur im Erdgeschoss brannte Licht und auch der parkähnliche Garten wurde nur von wenigen Lampen erhellt. Ollin parkte den Wagen in der weitläufigen Auffahrt aus Kies, in der bereits zwei Autos standen: ein schwarzer Jeep und ein rotes Cabrio. Zu seiner Verwunderung stellte Ollin fest, dass er zum ersten Mal seit langer Zeit vollkommen ruhig war. Die Nervosität, die innere Unruhe, die ihn seit Monaten quälten, waren verschwunden. Ein Blick in den Rückspiegel verriet ihm, dass auch John äußerlich völlig gelassen war. Er ahnte, dass John das nicht zum ersten Mal machte.

Sie wurden empfangen von Rosaria Silva und ihrem jüngeren Bruder Martin. Rosaria war eine hochgewachsene Frau, die ihre Schlankheit mit enganliegender Kleidung und hochhackigen Schuhen betonte und Ollin war sich sicher, dass das Meiste an ihrem Äußerem bereits künstlich verändert worden war, von den blondierten Haaren bis zu den aufgespritzten Lippen. Martin hingegen trug Slipper, ein bis zur Brust aufgeknöpftes Hemd, aus dem kein Haar hervorstand und das Haar kühn in die Stirn geschnitten, wie es gerade Mode war. Die beiden gaben sich alle Mühe, ihre Aufregung zu verbergen, doch das Pokern hatte Ollin zu einem Profi im Lesen von Emotionen gemacht. Mario Milanos Enkel konnten es kaum erwarten, sein Erbe höchstbietend zu verhökern.

Als sie die imposante Eingangshalle betraten, blieb John vor einem großen, in einen Goldrahmen gefasstes Gemälde stehen. Ollin kannte sich mit diesen Dingen nicht aus, doch er nahm an, dass es sich um abstrakte Kunst handelte.

»Ein Werk des Dadaismus«, erklärte John. »Unter den Nazis als entartete Kunst entwertet und vielerorts zerstört, doch andere waren klug genug, die Gemälde als Geldanlage zu behalten und nach dem Krieg außer Landes zu bringen. Sieht aus, als hätte Milano ein Händchen für Raubkunst.«

Wenn Rosaria und Martin ihr Gespräch verfolgt hatten, so ließen sie sich nichts anmerken. Sie führten Ollin und John in einen großen Salon, welcher an der Rückseite des Hauses lag und auf eine ebenso große Terrasse führte. Ollin nahm in einem der tiefen Ledersessel Platz, ebenso wie John. Rosaria und Martin setzten sich ihnen gegenüber auf eines der Sofa. Ollin entging nicht, wie betont Rosaria ihre grazilen Beine übereinanderschlug. Sie hatte zweifelsfrei schöne Beine, lang, schlank und leicht muskulös, und während Ollin sie betrachtete, dachte er darüber nach, wann er zuletzt eine Frau berührt hatte. Es war lange her.

»Lassen Sie uns gleich zum Punkt kommen«, eröffnete John das Gespräch. »Die Sammlung Ihres verstorbenen Großvaters ist von größtem Interesse für mich. Gehe ich richtig in der Annahme, dass Sie die einzigen Erben sind?«

Unisono nickten beide mit dem Kopf.

»Unsere Eltern sind vor Jahren bei einem Verkehrsunfall um das Leben gekommen«, erklärte Martin ohne erkennbare emotionale Färbung.

»Was hat Ihr Großvater Ihnen über seine Zeit in Italien und vor allem in Sizilien erzählt?«, bohrte John weiter.

»Trient«, entgegnete Rosario wie aus der Pistole geschossen. »Mein Großvater stammte aus Südtirol. In Sizilien ist er meines Wissens nach nie gewesen.«

John fixierte sie einen Moment lang, dann verzog er seine

Mundwinkel zu einem kalten Lächeln.

»Aber natürlich«, sagte er und klang nicht sonderlich überzeugend dabei. »Nun, also, was wissen Sie über das Leben Ihres Großvaters, bevor er hierher nach Manaus kam? Hat er Ihnen je erzählt, woher er diese Stücke hatte?«

Unwillkürlich spannten sich Martins Muskeln unter seinem Designer Hemd an und Rosaria begann, unruhig auf dem Sofa hin- und herzurutschen.

»Mein Großvater war ein Sammler, ein großer Kunstliebhaber...«, begann Martin.

»Tatsächlich?«, unterbrach ihn John. »Ich bin ihm einmal begegnet und er machte auf mich nicht den Eindruck, als beschäftigte er sich mit den feingliedrigen Schwingen der Kunst. Auf mich wirkte er eher wie ein ... Schlachter.«

Er legte den Kopf schief und ließ die Geschwister nicht aus den Augen. Beide wechselten einen nervösen Blick.

»Hören Sie«, sagte Rosaria nun in einem verschwörerischen Tonfall. »Wir wissen nichts über die Vergangenheit meines Opas. Wir möchten das Zeug gerne loswerden, für einen akzeptablen Preis, versteht sich, doch wir haben nichts dagegen, dass...«

»Dass was?«, fragte John und hob eine Augenbraue.

»Dass das Ganze hier diskret abläuft«, erklärte Rosaria bestimmt.

»So diskret wie die Flucht Ihres Großvaters nach einem feigen Mord?« Johns Stimme war eiskalt.

Martin sprang auf. »Was fällt Ihnen ein...?« Doch Ollin war ebenfalls bereits auf den Füßen und hielt ihm den kalten Lauf seiner Pistole unter das Kinn. Sofort verstummte Martin. Seine Augenlider flatterten und Ollin konnte spüren, dass er am ganzen Körper zitterte. Nie zuvor hatte er eine Waffe in der Hand gehalten, und seit Miguels Tod verabscheute er sie mehr denn je, doch nun musste er sich eingestehen, dass es sich gut anfühlte, irgendwie rational, mit einer Waffe zu drohen, statt mit Fäusten zu kämpfen.

Ein halbes Lächeln zog über Johns Gesicht, der nun ebenfalls aufstand, sich dabei aber Zeit ließ und langsam, beinahe schlendernd, zu dem Tisch ging, auf dem Rosaria und Martin die ihrer Meinung nach kostbarsten Stücke aufgebahrt hatten. Ollin sah, wie seine Augen beim Anblick der Bilder, Silberkaraffen, des Goldschmucks und der Porzellanfiguren aufleuchteten.

Andächtig berührte John einige der wertvollen Stücke mit den Fingerspitzen. Ollin kannte das Leuchten, das dabei in seine Augen trat, es zeigte sich immer, wenn etwas besonders Wertvolles berührte.

»Nehmen Sie Ihre dreckigen Finger da weg!«, presste Martin hervor. Rosaria machte eine plötzliche Bewegung und für einen Moment war Ollin abgelenkt. Diesen Augenblick nutzte Martin, löste sich aus seinem Griff und versuchte, sich auf John zu stürzen.

Ollin überlegte nicht. Er entsicherte die Waffe und schoss, allerdings ohne präzise zu zielen. Martin stieß einen lauten Schrei aus und brach zusammen, ein Blutfleck breitete sich auf seinem Unterschenkel aus. Rosaria stürzte zu ihrem Bruder.

»Verschwinden Sie!«, rief sie. »Ich werde Ihnen das ganze Zeug schicken, von dem Sie behaupten, es sei gestohlen. Und dann will ich nie wieder etwas von Ihnen sehen oder hören!«

Keine halbe Stunde später saßen Ollin und John wieder in der Limousine und fuhren in Richtung Stadtzentrum. Kühle Nachtluft wehte durch die offenen Fenster herein.

»Es gibt sie, diese Orte, Ollin. An ihnen kondensiert sich das Böse wie warmes Wasser auf kaltem Glas. Es gibt nur eine Möglichkeit, die unsichtbare Herrschaft des Verderbens zu beenden. Man darf nicht zögern, das Richtige zu tun, wenn sie sich bei einer seltenen Gelegenheit zeigt und sichtbar wird.«

Kapitel 7

Heiß brannte die Sonne vom Himmel über Manaus auf die asphaltierten Straßen und brachte die feuchtigkeitsschwangere Luft in der Stadt zum Dampfen. Die Regenzeit war vor knapp zwei Wochen zu Ende gegangen und nun stiegen die Temperaturen mit jedem Tag weiter an. Ollin saß hinter dem Steuer des Oldtimers und blickte auf die breite Straße, die das Gebäude des Landwirtschaftsministeriums des Bundesstaats Amazonas mit den anderen Regierungsgebäuden verband. Es war Mittagszeit und viele der Beamten strömten auf die Straße, um in einem der umliegenden Parks ihr Mittagessen zu verzehren oder sich an den Straßenständen etwas zu kaufen.

Gierig sog Ollin an seiner Zigarette. Beiläufig registrierte er, dass sich die Fingerkuppen seiner rechten Hand bereits gelb vom Nikotin verfärbt hatten. In den letzten Wochen hatte er mehr geraucht, als je zuvor. In den langen Nächten, in denen er an seinem Plan gearbeitet hatte, immer wieder neue Details berücksichtigt und verändert hatte, war er zum Kettenraucher geworden. Geholfen hatte ihm beim Wachbleiben Amphetamin, weißes Pulver, wie Kokain, nur viel billiger. Die Arbeiter hier am Hafen nannten es auch »Arbeiterkoks«, denn nur wenig davon war geeignet, um einen erwachsenen Mann mehrere Nächte lang wachzuhalten und das bei voller Konzentration.

Schweiß rann ihm über die Schläfen und er wischte ihn achtlos beiseite. Das gehörte zu den Nebenwirkungen des Aufputschmittels – das, und der Umstand, dass er seit drei Tagen nichts gegessen hatte. Sein Magen war wie zugeschnürt, doch Ollin hatte den Eindruck, dass dies seine Wachheit noch verstärkte.

Im Seitenspiegel sah er den gesamten Stab des Ministers geschlossen das Gebäude verlassen. Er schnalzte verächtlich, als er die Männer in den schicken Anzügen betrachtete, die sich lachend auf die Schultern klopften.

»Na, wie viel Urwald und Lebensraum anderer Menschen habt ihr heute wieder verhökert«, zischte er. Erneut loderte die Flamme des Hasses in ihm auf, wie ein Vulkan, dessen explosive Kraft immer neue Nahrung in den Tiefen der Erde fand. Er hasste diese Menschen, für ihre Gier, ihre Ignoranz, für den Missbrauch, den sie an ihrer Macht betreiben. In den vergangenen Tagen und Wochen hatte er sich mit ihnen beschäftigt, mit jedem Einzelnen von ihnen. Er hatte ihre Namen, Posten, Aufgaben, ihre Adressen und sogar die Namen ihrer Kinder herausgefunden. Jeder von ihnen hatte in kleinem oder großem Maße Schmiergelder angenommen oder war in die Korruption verwickelt. Seine Verachtung für diese Menschen, die ihr eigenes Land ausverkauften und die verrieten, war riesig. Es kam ihm lächerlich vor, dass er einst wie Aline und Miguel daran geglaubt hatte, man könne mit Demonstrationen und Aktionen etwas bewirken. Darüber lachten die Mächtigen nur, für sie waren die bunt bemalten Demonstranten, die auch heute als ein kleines Häuflein vor dem Ministerium standen, eine amüsante Unterhaltung.

»Rettet den Regenwald« stand auf einem der Schilder, das ein Mädchen in einem langen Indio-Kleid hochhielt. »Schützt die Menschen«, forderte ein anderes. Die Demonstranten wirkten ebenso entschlossen wie hilflos. Gegen die Macht des schmutzigen Geldes kamen ihre Protestslogans nicht an. Die moralische Empörung jener, die unter der Gier der Politiker litten, perlte an den Entscheidungsträgern ab wie Wasser an einem Glas. Es war aussichtslos, sie auf diese Weise davon abbringen zu wollen, den Regenwald und den Lebensraum von Menschen und Tieren in Profite zu verwandeln. Die Palmöl- und Sojafabriken zahlten gut, jedes Stück gerodeter Regenwald brachte eine fette Rendite, spülte Geld in die Staatskassen und in die Taschen all jener, die so einen schmutzigen Deal »unbürokratisch« oder »auf dem schnellen Dienstweg« möglich machten. Ollin spuckte aus und kämpfte gegen die heiße Verachtung an, die in ihm loderte. Er durfte sich nicht von seinen Gefühlen leiten lassen, wenn er diese Sache erfolgreich zu Ende bringen wollte. Alles hing davon ab, dass er bis zum Schluss einen kühlen Kopf bewahrte. Hastig notierte er sich die Uhrzeit und die Namen der Mitarbeiter, dann drehte er den Schlüssel um und startete den Wagen. John wartete sicher schon auf ihn.

Die Straßen der Innenstadt standen wie jeden Mittag kurz vor einem Infarkt. Hupend und mit röhrenden Motoren quetschten sich Taxis, Fahrräder, Autos und Motorräder durch den zähfließenden Innenstadtverkehr. Ollin kam nur im Schritttempo voran. Währenddessen hatte er Zeit, seine Gedanken zu ordnen. Noch war sein

Profil der Mitarbeiter nicht vollständig. Er musste ganz sicher sein, dass sich möglichst viele von ihnen innerhalb des Gebäudes befanden, wenn er den Anschlag verübte. Die Zeit kurz vor dem Mittagessen war dazu besonders geeignet, denn dann waren selbst die faulsten Beamten endlich im Büro und hatten es auch noch nicht zu ihrem wie üblich vorgezogenen Feierabend wieder verlassen. Er trommelte mit den Fingern auf das Lenkrad. Heute Nacht sollte eine wichtige Übergabe stattfinden. Die Männer am Hafen hatten ihm dabei geholfen, eine Lieferung der notwendigen Chemikalien für den Bau einer Bombe zu erhalten, diskret, und ohne Spuren.

Tatsächlich war es leichter als gedacht, an die notwendigen Zutaten für eine Bombe mit ausreichender Explosionskraft zu kommen. Sogar den Sprengstoff hatte er bereits über verschlungene Kanäle geordert und rechnete damit, ihn in der nächsten Woche in Empfang nehmen zu können.

Ollin bog in die Straße vor Johns Laden ein. Der alte Mann erwartete ihn bereits. Trotz der frühsommerlichen Hitze trug er einen langen, dunklen Anzug und einen schwarzen Hut. Mit einem leisen Seufzen ließ er sich auf die Rückbank fallen.

»Möchtest du auf eine Beerdigung?«, fragte Ollin schmunzelnd. Er wollte vermeiden, dass der Antiquitätenhändler seine innere Anspannung bemerkte. John antwortete nicht, sondern gab ihm nur das Signal zum Losfahren.

»Ich habe einen wichtigen Termin«, erklärte er einsilbig. Ollin fragte nicht weiter und fuhr in die angegebene Richtung. Zu seinem Erstaunen führte ihr Weg sie nicht wie so häufig in die Villenviertel der Stadt, sondern weit nach Norden über die Stadtgrenze hinaus. Die Reihen der Häuser wurden immer lichter, bis sich die Straße in einen staubigen Weg voller Schlaglöcher verwandelte.

»Bist du dir sicher, dass wir hier richtig sind?«, fragte Ollin verunsichert. John nickte.

»Wir sind hier goldrichtig, mein Junge.«

Ollin schwieg und fuhr weiter, bis die Straße direkt vor einem Abschnitt undurchdringlichen Urwalds endete. Links und rechts lagen einige gerodete Felder und brachliegende Flächen.

»Wo sind wir hier?«

John lächelte, zum ersten Mal an diesem Tag.

»Kannst du das nicht erkennen?«

Ollin fühlte sich müde und überfordert. Die vielen durchgemachten Nächte verlangten nun ihren Tribut, außerdem war es schon eine Weile her, seit er sich das letzte Mal eine Dosis des sogenannten »Speeds« gegeben hatte. Lustlos zuckte er mit den Achseln.

»Ich sehe hier nur Felder. Noch nicht einmal Hütten oder etwas Ähnliches.«

John grinste geheimnisvoll und stieg aus. Schwer auf seinen eleganten Spazierstock gestützt, ging er direkt auf das Dickicht zu. Ollin folgte ihm mit wachsender Verwirrung.

»John, was machen wir hier? Was, wenn uns hier jemand auflauert? Du weißt schon, dass wir hier ganz schön weit weg von der Stadt sind und ich bin nicht...«

John drehte sich um und bedeutete Ollin, still zu sein. Ollin verstummte. Dann begann John, sich einen Weg durch das Dickicht zu bahnen, das bei näherem Hinsehen sehr viel durchlässiger war, als Ollin von Weitem angenommen hatte. Früher musste sich hier einmal ein Weg befunden haben. Als er genauer hinsah, entdeckte er immer mehr Spuren menschlichen Einflusses auf die Natur: hier ein Graben, da eine Befestigung, dort ein gefällter Baum.

»Was ist das hier?«, fragte er, doch John antwortete nicht. Verbissen kämpften sie sich durch das Unterholz, bis dieses auf einmal den Blick auf eine alte, verfallene Villa im Kolonialstil freigab. Sie war riesig und von ihren weißen Brettern blätterte die Farbe, die Fenster waren blind und die meisten zerschlagen, ein loser Fensterladen klapperte unregelmäßig im Wind, doch es war unverkennbar, dass dies einst ein fürstliches Anwesen gewesen war.

John stützte sich schweratmend auf seinen Stock und blickte sich zufrieden um.

»Das hier ist *o pequeno paraíso*, das kleine Paradies. Es gehörte einst einem der mächtigsten Männer Manaus, Pedro Chitaz, der am Kautschukhandel reich wurde und es später hier mit Baumwolle versuchte. Überflüssig, dir zu sagen, wer dort draußen auf der Plantage schuftete, doch Chitaz war das egal. Er schuf sich hier so etwas wie eine Enklave, vor den Toren der Stadt, doch weit genug weg, um nicht zu sehr im Fokus zu stehen. Hier versteckte er seine Familie, damit seine Feinde sie nicht fanden und ihn erpressen konnten. Es heißt, seine Tochter Maria habe die Stadt zum ersten Mal gesehen, als er sie verheiratete, an einen Geschäftspartner natürlich.«

Staunend blickte Ollin sich um. Er machte einige Schritte nach vorne und berührte das Holz der Veranda.

»Doch sein Geld nutzte ihm nichts«, fuhr John fort. »Das Leben holt sie sich, alle, das kannst du dir ruhig merken, mein Junge. Chitaz fürchtete stets, dass einer seiner halbseidenen Geschäftspartner gefährlich für ihn werden könnte, doch das war nicht der Fall. Die Gefahr, die er hätte fürchten sollen, kam von wo ganz anders her.«

Er hob den Stock und deutete in Richtung des Dschungels, der wenige Meter hinter dem Haus begann.

»Die Indios waren es, die eines Tages genug von den Schlägen seiner Vorarbeiter hatten. Einer dieser Männer, ein grobschlächtiger Kerl namens Theo, hatte eine Frau vergewaltigt, fast noch ein Mädchen, und sie anschließend sterbend zurückgelassen. Deshalb kamen die Männer, um den Tod der Frau zu rächen und sie rächten sich fürchterlich. Alle Anwesenden fanden den Tod, die Hausangestellten, die Vorarbeiter, Chitaz Frau und sogar seine Kinder. Man erzählte sich, die Indios seien bei seiner Familie besonders brutal vorgegangen, hätten ihnen die Gliedmaßen scheibenweise von den Körpern getrennt.«

Ollin schluckte. Als er die Augen schloss, hatte er das Gefühl, den metallenen Geruch von Blut riechen zu können und die lang verhallten Schreie der Opfer zu hören.

»All das ist lange her, aber du weißt doch, wie die Menschen hier sind, abergläubisch bis in das Mark, und wer bin ich schon, zu beurteilen, ob es solche Gespenster und Dämonen tatsächlich gibt. Meinen Gott können sie auch nicht sehen. Sie erzählten sich, über *o pequeno paraíso* läge ein Fluch und wer auch immer versuchte, hier zu leben, würde einen grausamen und qualvollen Tod finden. Aus diesem Grund steht das Anwesen schon lange leer. Nicht einmal Plünderer haben sich hineingewagt.«

Er lächelte Ollin aufmunternd zu.

»Nur zu, geh hinein und überzeuge dich selbst!«

Die Dielen der Veranda quietschten, als Ollin den ersten Fuß auf sie setzte. Vorsichtig, beinahe andächtig, ging er auf die massive Tür zu. Er berührte die Klinke nur leicht und drückte sie nach unten und die Tür gab quietschend nach. Ein feuchter, leicht muffiger Geruch schlug ihm entgegen, doch John hatte nicht zu viel versprochen: Die Möbel, die im Flur und dem angrenzenden Salon standen, waren allesamt wertvoll und mit Sicherheit schon über 100 Jahre alt. Das feuchte Klima hatte ihnen unverkennbar zugesetzt, doch vieles war erstaunlich gut erhalten.

»Als Mario Milano hierher nach Manaus kam, wusste er nichts von Chitaz und von dem Fluch und vermutlich wäre es ihm auch ziemlich gleichgültig gewesen, wenn er es gewusst hatte. Ihn lenkten nur die Gier und die Absicht, sein schmutziges Geld möglichst schnell reinzuwaschen. Deshalb kaufte er das Paradies, doch er fand niemandem, der für ihn hier arbeiten wollte, also gab er es nach kurzer Zeit wieder auf.«

Allmählich begriff Ollin.

»Du hast dich also bestechen lassen«, sagte er. Ein Ausdruck von Schmerz huschte über Johns von Falten zerfurchtes Gesicht, doch der alte Mann hatte sich sofort wieder im Griff.

»Weißt du, Ollin, mit der Gerechtigkeit ist das so eine Sache. Es gibt keine absolute Gerechtigkeit, sie ist immer subjektiv. Wann ist ein Verbrechen gesühnt? Wann hat jemand genügend gebüßt? Oft kommt es vor, dass jemand im Kampf für Gerechtigkeit umkommt, an seinem eigenen Feuer verbrennt. Ist dann der Gerechtigkeit genüge getan? Ich sehe es so: Statt der absoluten Gerechtigkeit verteile ich sie lieber im Gießkannenprinzip, so weit ich es vermag und es mir zusteht. Ich erinnere die Mächtigen und die Reichen daran, dass sie sich nie zu sicher fühlen dürfen, dass jeder Zeit jemand wie ich wie ein Schatten der Vergangenheit auftauchen und alles, was sie haben, bedrohen kann. Das verändert diese Menschen, es macht ihnen Angst und es nimmt ihnen den Hochmut. Sie werden vorsichtiger in ihren Handlungen und heute, in meinem hohen Alter genügt mir das. Ich will keine Rache, Ollin. Mir geht es mehr um einen Ausgleich, ein Gleichgewicht.«

Ollin war sich nicht sicher, ob er verstand, was John ihm zu sagen versuchte. War es etwa eine Anspielung auf seinen Plan? Misstrauisch musterte er den alten Mann, der im Eingang stehen geblieben war, so als fürchtete er sich, entgegen seiner vorangegangenen Aussage, davor, das Haus zu betreten. Doch Ollin konnte kein Anzeichen dafür entdecken, dass John mit seinen Worten ihn gemeint hatte. Vermutlich lag es an dem Stoff, an den durchwachten Nächten, an der Anspannung. Er wurde langsam paranoid und vermutete überall eine mögliche Bedrohung für sich und sein Vorhaben.

Ein Ölgemälde, das an der gegenüberliegenden Wand der Eingangshalle lag, zeigte eine Familie aus dem letzten Jahrhundert, ein Mann, seine Frau und drei Kinder. Ollin nahm an, dass es sich um Chitaz und seine Familie handelte. Er blieb stehen und sah John fragend an.

»Möchtest du von hier etwas mitnehmen? Dann hätten wir uns besser einen Lieferwagen geliehen, statt...«

Doch John hob abwehrend die Hände.

»Aber nein! Ich denke, dieses Haus ist so alt und hat so viel erlebt, dass es so etwas wie ein eigenes Wesen geworden ist, mit Gedanken, Träumen und Erinnerungen. Wir sollten ihm nichts wegnehmen. Höchstens etwas hinzufügen.«

Ollin runzelte die Stirn. Manchmal fragte er sich, ob John aufgrund seines zunehmenden Alters langsam den Verstand verlor, doch er ließ sich nichts anmerken. Noch hatte John jedes Mal bewiesen, dass sein Verstand und seine Wahrnehmung messerscharf waren, auch wenn es auf den ersten Blick nicht den Anschein machte.

Ächzend nahm John auf einem der Korbstühle draußen auf der Veranda Platz und ließ seinen Blick über das Anwesen schweifen. Ollin trat ebenfalls wieder heraus und sah seinen Arbeitgeber fragend an.

»Du brauchst deine Frage nicht laut auszusprechen, junger Ollin, es gelingt mir immer besser, deine Gedanken zu lesen. Du fragst dich, weshalb wir hier sind. Für eine weitere Lehrstunde in der vergessenen Geschichte dieser Stadt? Vielleicht. Doch eigentlich geht es um deine Geschichte, Ollin.«

Ollin hob eine Augenbraue.

»Meine Geschichte?«

»Der Name, den man diesem Anwesen einst gab, ist durchaus passend, wenn du dich hier umschaust. Die Plantage liegt windgeschützt durch die Hügel, ein Nebenarm des Amazonas fließt direkt vorbei und bringt Wasser, und die Pflanzen bekommen genügend Sonne. Dies hier ist der perfekte Ort, um Tabak anzubauen, Ollin, erkennst du das nicht?«

Ollin folgte dem Blick des alten Mannes und erkannte, dass er Recht hatte.

»Ich habe dir in den letzten Wochen alles über Tabak und seinen Anbau erklärt, was ich weiß. Was dir fehlt, ist die Praxis, doch ich kann dir verraten, dass man die meisten Dinge am besten lernt, indem man sie einfach macht. Damit du nicht so verloren bist, habe ich Marco Silvarez angeheuert, der schon auf vielen Tabakplantagen gearbeitet hat und sich auskennt. Von biologisch verträglichem Tabakanbau hat er bisher keine Ahnung, doch er ist ein Indio und sein Volk baut Tabak bereits seit tausenden von Jahren biologisch an, so dass man ihn getrost als Experten dafür bezeichnen kann.«

Ollin erschrak, als sich ein Schatten von der Türschwelle eines der Nebengebäude löste. Ein bärtiger Mann mit dunkler Haut und tiefschwarzem Haar kam auf sie zu. Als er die Hand des Mannes ergriff, spürte er die harten Schwielen eines Lebens voller körperlicher Arbeit. Marcos Augen blitzten klug und humorvoll, als er Ollin ansah und Ollin wusste sofort, dass er mit Marco gut klar kommen würde.

»Du wirst hier alles finden, um innerhalb kürzester Zeit eine profitable Tabakplantage zu errichten, die weder der Umwelt schadet, noch die Menschen ausbeutet, die auf ihr arbeiten.«

Ollin war verwirrt.

»Wie meinst du das?«

John musterte ihn mit durchdringenden Augen. Ollin schaffte es, seinen Blick zu erwidern, doch nach einigen Sekunden wandte er sich ab. Auf keinen Fall durfte John auch nur erahnen, was er plante und in wenigen Tagen umsetzen würde.

»Das hier«, John machte eine weit ausholende Bewegung, »ist unser kleines Paradies, Ollin. Du wirst die Plantage aufbauen und ich werde mich zur Ruhe setzen, und wenn es mich eines Tages nicht mehr gibt, dann wird all das und noch viel mehr dir gehören. Keine Hütte mehr am Hafen, nie wieder der Schmutz der Straße. Du wirst frei sein und du wirst die Gelegenheit haben, vielen Menschen ein gutes und menschenwürdiges Leben zu schenken.«

Ollin schwieg. Das Blut rauschte in seinen Ohren und für einen winzigen Moment fühlte er sich in seine Kindheit zurückversetzt, an den Morgen jenes Tages, der sein Leben für immer verändert hatte.

»Ich kann nicht«, presste er hervor. John wirkte nicht überrascht.

»Dein Angebot ehrt mich, John, aber du musst dir dafür jemand anderes suchen.« Er tippte sich an die Stirn und ging dann mit eiligen Schritten zum Wagen zurück, ohne auf den alten Mann zu warten, der ihm schwerfällig hinterherkam.

Kaum war John eingestiegen, ließ Ollin den Wagen an und wendete. Er wollte nur noch fort von hier, von diesem Ort, von dieser Möglichkeit. Sein Schicksal stand fest, es war besiegelt. Er würde sich rächen, sich und seine Familie und all die, die unter den korrupten Politikern zu leiden hatten und er würde ihnen einen Denkzettel verpassen. Kein Geld der Welt konnte ihn davon abbringen. Ollin brannte innerlich. Wenn er die Bombe nicht platzierte, dann würde er an seinem Hass verbrennen, das wusste er inzwischen. Nur eine Sache machte ihm größere Angst als der Tod: Die Vorstellung, dass das Feuer in ihm irgendwann erlöschen und die Dunkelheit zurückkehren würde, die innere Leere, all die Dämonen, die in den Schatten lauerten. Er wusste, dass sie ihn verschlingen würden, mit Haut und Haar. Das durfte er nicht zulassen. Dann lieber sterben, in einem einzigen, heroischen Akt.

John schwieg nur und sah aus dem Fenster, während die Landschaft an ihnen vorüberzog und sie sich langsam wieder der Stadt näherten. Er parkte den Wagen vor Johns Laden.

»Kommst du nicht mit rein?«, fragte John, doch Ollin schüttelte den Kopf. »Ich muss noch etwas erledigen.«

Als der alte Mann ausgestiegen war, fuhr er mit quietschenden Reifen davon. Im Rückspiegel sah er Johns dunkle Gestalt, die schnell immer kleiner wurde. Als der alte Mann außer Sichtweite war, atmete er auf. Anschließend fuhr er in eine weniger belebte Seitengasse, griff in das Handschuhfach und nahm das Röhrchen mit dem stark nach Chemie riechenden Pulver heraus, welches er hastig auf das Armaturenbrett gab und in die Nase schnupfte. Die Wirkung setzte beinahe sofort ein, es war weniger rauschhaft und euphorisch als bei Kokain, dafür durchdringender, klarer, weniger auf die Psyche wirkend. Er wollte sich nicht betäuben, er wollte nur durchhalten. Es war nicht mehr viel Zeit. In weniger als zehn Tagen würde er mit mehreren Kilo Sprengstoff mit Johns Wagen mitten in das Landwirtschaftsministerium fahren, an einem Tag, an dem der Minister persönlich anwesend war. Mehrere dutzend der korrupten Regierungsmitglieder würden in Rauch und Feuer den Tod finden und er würde als der Mann in die Geschichte eingehen, der endlich etwas gegen den Landraub und die Verletzung der Rechte von Mensch und Natur tat. Die Linken würden ihn feiern, die Rechten nach härteren Kontrollen verlangen, doch was er getan hatte, würde unauslöschlich bleiben, ein Zeichen, ein Vorbild.

Ollin wischte sich mit dem Handrücken über die Nase. Sein Herz hämmerte in Reaktion auf das Gift, das er gerade genommen hatte, seine Gedanken rasten. Bis zum Einbruch der Dunkelheit blieben ihm noch einige Stunden, die er damit zubringen wollte, noch einmal jeden Schritt seines Plans durchzugehen.

Der Regen trommelte gegen die Fenster des Antiquitätenladens. Es war ungewöhnlich für Manaus, dass es so spät im Jahr noch so viel Niederschlag gab. Die Hitze verwandelte die Luft in der Stadt in schwülheißen Dampf. Bei jeder Bewegung brach Ollin der Schweiß aus. Er fühlte sich zittrig und seltsam schwach. Die Anstrengungen der letzten Wochen forderten ihren Tribut. Wenn er nicht ohnehin beabsichtigen würde, bald zu sterben, dann müsste er sich wohl Sorgen machen, wie sein Körper diese Torturen verkraftete, aber so spielte es keine Rolle.

Die Übergabe der Chemikalien und auch des Sprengstoffs hatte funktioniert. Die Bombe stand fertig in der Hütte unten am Fluss, in die er einst, vor so vielen Jahren, mit Mirtha und Vitor gezogen war. Heute lebten dort nur noch Gespenster. Er hatte sein ehemaliges Zuhause umgebaut, die Fenster abgedichtet, eine festere Tür eingebaut und die Möbel bis auf einen großen Tisch und eine schmale Liege verbannt. Er brauchte kein Zuhause mehr, er musste auch nicht länger schlafen. Es war seltsam, wie sehr sich die Welt veränderte, wenn man entschied, sie zu verlassen.

Er existierte nicht länger in der gleichen Zeit wie alle anderen. Für sie gab es Tag und Nacht, Morgen und Abend, Wachen und Schlafen, für ihn hingegen nur noch ein rastloses Umherstreifen. Seine Gedanken kamen nicht mehr zur Ruhe. Die Sorgen und Nöte der Menschen erschienen ihm belanglos, fast schon gleichgültig. Sie waren nur von Bedeutung, wenn man am Leben festhielt, doch er hatte seines schon lange losgelassen. Es fühlte sich sehr gut an, leicht und befreit irgendwie, als sei es schon immer der Ballast seiner eigenen Existenz gewesen, der ihn niederdrückte.

»Dir wird nie mehr gegeben, als du tragen kannst«, hatte Mirtha früher, bevor sie krank geworden und den Verstand verloren hatte, manchmal gesagt und Ollin fragte sich, ob das stimmte. Warum fühlte sich sein Leben dann an, als sei es zu schwer für ihn? Oder war er zu leicht? Zu schwach? Ollin schüttelte sich, als ein Zittern durch seinen Körper fuhr. Seine Kleider waren durchnässt, doch er hielt es nicht mehr für nötig, auf seine Gesundheit zu achten. Eine Erkältung konnte ihm jetzt nichts mehr anhaben.

John, der an seinem Schreibtisch saß, warf ihm über den Rand seiner Zeitung einen besorgten Blick zu.

»Du wirst dich erkälten«, sagte er. Ollin zuckte mit den Schultern. »So schnell werde ich nicht krank.«

»...sagte jeder Mann, der im Anschluss von einer Erkältung dahingerafft wurde und das waren nicht wenige. Alexander, der Große, Richard Löwenherz und noch einige mehr.«

»Du solltest Geschichte unterrichten, John«, sagte Ollin und verzog das Gesicht. John lachte freudlos.

»Was für eine haarsträubende Aufgabe! Überlege doch nur, was Geschichte ist! Eine endlose Aneinanderreihung von Schlachtfeldern, von Mord, Totschlag und Verrat, Plünderungen, Not und Leid. Krankheit, Krieg und Hunger haben die Menschheit geprägt, nicht Glück und Freiheit.«

Ollin kniff die Augen zusammen.

»Du sprichst von den vier Reitern der Apokalypse.« Dank Mirtha war er mehr als bibelfest.

John warf ihm einen schwer zu deutenden Blick zu. Dann faltete er seine Zeitung zusammen, so dass die Titelseite oben lag. Die Schlagzeile berichtete von einem Erdrutsch bei Rodungsarbeiten im Dschungel, bei dem mehr als 80 Menschen zu Tode gekommen waren, weitere 65 wurden noch vermisst. Der starke Regen hatte den Boden aufgeweicht und ihn, nun nicht mehr gehalten von den unzähligen Wurzeln mächtiger Urwaldriesen, in eine tödliche Falle aus Schlamm verwandelt.

»Mein Volk nennt so etwas ein Menetekel«, erklärte John. »Eine dunkle Vorahnung, die auf ein bevorstehendes, noch größeres Unheil hindeutet.«

Es fiel Ollin schwer, sich auf die Worte des alten Mannes zu konzentrieren. Seine Gedanken waren inzwischen vollkommen bei dem bevorstehenden Anschlag.

»König Belšazar gab ein Fest, in dem er aus den Tempeln Jerusalems entwendeten Kelchen trank. Eine Hand und eine Stimme erschienen, die ihn davor warnten, dass ihm etwas Schlimmes bevorstehe. Er ließ den Propheten Daniel kommen, der das für ihn interpretierte. Wenige Stunden später war Belšazar tot. Bis heute steht das Zitat über vielen jüdischen Friedhöfen und verspricht all jenen, die keine Stimme mehr haben, dass sie irgendwann Gerechtigkeit erfahren werden.«

Ollin kniff die Augen zusammen und sah John kurz in die Augen.

»Du hast doch gerade selbst gesagt, dass die Geschichte der Menschheit eine endlose Aneinanderreihung von Unrecht und Blutvergießen ist. Wie kannst du dann daran glauben, dass es so etwas wie Gerechtigkeit gibt? Niemand rächt die Toten, wenn sie erst unter der Erde liegen. Die Sieger sorgen dafür, dass ihre Namen vergessen werden, dass niemand ihre Gräber findet.«

Er ballte die Fäuste, als er an Vitor dachte. Auch Miguels Mörder waren nie gefasst worden und trieben irgendwo dort draußen nach wie vor ihre dunklen Geschäfte. In der letzten Zeit tauchten auch die Gesichter seiner Familie wieder häufiger vor ihm auf, nachdem er lange Zeit befürchtet hatte, sie zu vergessen, doch sie waren noch da, tief in ihm vergraben und nun freigelegt durch das Feuer, das in ihm brannte, loderte und alles verzehrte, was sich ihm in den Weg stellte.

»Du bist zornig, Ollin«, sagte John sanft. »Doch Zorn ist kein guter

Ratgeber. Zorn frisst dich von innen auf, bis am Ende nichts mehr von dir übrig ist.«

Ollin schlug mit der Faust auf den Tisch, so heftig, dass John zusammenzuckte.

»Ich sage dir, was mich auffrisst, alter Mann. Mich frisst es auf, dass jeder so tut, als könnte man gegen all das Böse, den Dreck, die Waffen, die Zerstörung der Umwelt und die Morde nichts unternehmen, als sei das eben alles gottgegeben und man müsse sich damit abfinden, während die da oben immer reicher und reicher werden. Gestern sah ich in meinem Viertel zwei Geschwister, ein Mädchen und einen Jungen. Der Junge war vielleicht zwei, und sie schliefen auf einer der Treppen im Slum. Niemand kümmerte sich um sie, niemand gab ihnen zu essen oder schützte sie vor dem Regen und den wilden Hunden. Ihre Eltern sind vermutlich tot, drogensüchtig oder schuften in den Fabriken oder in den Villen der Reichen. Und du sprichst von Gerechtigkeit? Oder von Gott? Ich scheiße auf Gott, John, auf deinen und auf alle Götter, sogar auf jene, die mein Volk im Dschungel verehrte. Wo waren sie, als man meine Familie abschlachtete? Wie kannst du von Gerechtigkeit sprechen, wenn Kinder durch die Hand von Mördern sterben, die von Politikern und Industriellen bezahlt werden? Meine Ziehmutter Mirtha war der frommste Mensch der Welt, sie betete jeden Tag, ging zweimal in der Woche in die Kirche und hatte überall diese kleinen Jesus- und Marienfiguren. Sie konnte die Bibel nahezu auswendig, sie liebte ihren Gott und hoffte so sehr darauf, dass er sie retten würde, doch weißt du, was geschah? Gott hat sich nicht um sie gekümmert, er hat auf sie geschissen, so wie die ganze Welt auf die Armen, auf die Indios, auf die mit dunkler Haut, auf die Schwachen scheißt. Und meine Mutter wurde verrückt daran, an dem Widerspruch zwischen dem, was die Kirche ihr predigte und wie die Welt wirklich ist. Man hat ihr so lange das Gehirn gewaschen, bis sie nicht mehr in der Lage war, zu erkennen, dass mit der Welt da draußen und mit ihrer verdammten Religion etwas nicht stimmt und durchgedreht ist. Sie hörte Stimmen, sie verfluchte mich und sie starb verwirrt, einsam und zerstört, weil sie an einen Gott glaubte, den es gar nicht gibt.

Früher, bei den Linken, da lasen wir das Kapital, Marx, Engels und all die Vordenker und weißt du, was sie da sagen, John? Die berühmteste Stelle aus dem Kapitel wird häufig so zitiert, als ob es hieße Religion sei Opium FÜR das Volk, doch ich habe nachgelesen und dort steht nichts davon, dass es für das Volk sei, nein, dort steht Religion ist das Opium DES Volkes. Das Volk betäubt sich selbst, all die Ausgebeuteten, Geknechteten, die Gebrochenen und Niedergedrückten, sie halten an ihrer Unterwerfung fest, weil sie glauben, dass sie das in den Augen ihres Gottes zu besseren Menschen macht, während sich die Reichen die Taschen vollstopfen und sich hinter hohen Mauern verschanzen, wo sie leben wie im sprichwörtlichen Garten Eden. So dumm sind wir, so naiv, wie Vieh, nur schlimmer!

Ich kann dir die Namen von zehn, ach, von fünfzig Verbrechern nennen, Industrielle, Mafiosis, Gangmitglieder, Vergewaltiger, Drogenhändler und Mörder, die alle da draußen herumrennen und jeder weiß, was sie getan haben, doch nichts geschieht. Mein Freund Miguel aber will ein einziges Mal in seinem Leben Drogen auf der Straße kaufen und wird sofort erschossen, sein Mord aber bleibt ungesühnt. Man konnte die Täter nicht finden, und weißt du auch warum? Weil die Polizei sie nicht finden will, weil sie genau dafür bezahlt wird. Und du redest von Gerechtigkeit? Es gibt auf dieser Welt keine Gerechtigkeit und keinen Gott, der sie einem verschafft, das ist nur ein Märchen, das man den Kindern erzählt, die weder erwachsen noch Verantwortung für ihr Leben übernehmen wollen. Es gibt nur die Gerechtigkeit, für die man bereit ist zu kämpfen, und gerade du solltest das am besten wissen, oder bist du inzwischen alt und milde geworden? Redest du jetzt auch davon, dass man vergeben muss, die andere Wange hinhalten? Vertraust du auch darauf, dass dein Gott irgendwann für Gerechtigkeit sorgt für das, was dir und deinen Leuten angetan worden ist?«

Ollin rang nach Luft. Die Worte waren aus ihm herausgeschossen wie aus dem Lauf eines Maschinengewehrs und nun fühlte er sich seltsam erleichtert und befreit, so als hätte jemand den Druck in seinem Inneren nach unten reguliert.

John sah ihn eine Weile mit unergründlichem Blick an, dann griff er nach seiner Pfeife, drehte sie in den Händen hin und her, zündete sie allerdings nicht an.

»Es gibt Menschen, klügere, bessere Menschen als ich, die nach dem Horror in den Lagern sagten, die einzige Lehre, die daraus zu ziehen sei, sei das Wissen, dass uns nur Liebe und Vergebung weiterbringen. Darüber haben sie Bücher geschrieben, sie wurden zu Vorreitern von etwas, das man heute Resilienzforschung oder auch positive Psychologie nennt. Sie konnten zeigen, dass Hass oder die Suche nach Rache keine psychische Erleichterung bringt, ganz im Gegenteil, sie macht uns krank und vergiftet uns von innen. Heilen kann uns nur das Gegenteil.«

Ollin gab einen verächtlichen Laut von sich.

»So ein Schwachsinn! Wir leben in einer Welt, in der der Stärkere den Schwächeren unterdrückt. Es ist ein ewiger, permanenter Krieg, und nur, wer sich wehrt, wer aufsteht, der hat eine Chance, etwas zu ändern, ansonsten wird es immer so weiter gehen. Das hast du ja selbst vorhin gesagt, als du über die Geschichte gesprochen hast. Die Menschheit lernt nicht, nicht im Kleinen und nicht im Großen und es gibt kein Vergeben und Vergessen, es gibt nur...«

»... Auge um Auge, Zahn um Zahn«, beendete John seinen Satz. Ollin biss sich auf die Lippen. Eigentlich hatte er etwas Anderes sagen wollen, doch John hatte Recht, genau darauf hatte er hinausgewollt.

»Weißt du, was all die Menschen, von denen du da gesprochen hast, die Drogenhändler, Vergewaltiger, Mörder und sogar die Korrupten, gemeinsam haben? Sogar mit dir und mir?«

Ollin bedachte ihn mit einem finsteren Blick. Sein Herz hämmerte in seiner Brust, seine Atmung ging flach und schnell und in ihm wütete ein Sturm aus Feuer, heulte und kreischte die Flamme der Vernichtung, gierig danach, alles zu zerstören, was sich ihr in den Weg stellte.

»Keiner von ihnen würde über sich selbst sagen, dass er ein schlechter Mensch ist. Im Gegenteil, sie sind alle der festen Überzeugung, dass sie sich nur das nehmen, was ihnen zusteht, dass sie *Gerechtigkeit üben*. Der Polizist sagt, sein Gehalt sei zu niedrig, weil die Politiker zu gierig sind, deshalb nimmt er Geld von Kriminellen an. Der Drogenhändler sieht die schicken Villen der weißen Industriellen und will auch so eine haben. Er findet es nur gerecht, wenn er sich durch den Handel mit Drogen seinen Anteil nimmt.

Der Vergewaltiger denkt, dass er ein Recht darauf hat, jede Frau zu missbrauchen, auf die er Lust hat, einfach, weil er ein Mann ist und die Macht dazu hat und der Mörder mordet, weil er glaubt habe ein Anrecht auf Rache, und so weiter und so weiter. Keiner von ihnen tut das, was er tut, aus niedrigen Motiven. Keiner steht morgens vor dem Spiegel, sieht sich an und sagt: Heute siehst du aber gut aus, du Mörder. Oder denkt beim Einkaufen: Heute ist ein schöner Tag für eine Vergewaltigung. Diese Dinge geschehen, weil diese Menschen davon ausgehen, dass irgendeine übergeordnete Macht, ein Prinzip, ihnen das Recht dazu gibt und die allermeisten halten sich dabei an die Gerechtigkeit. Trifft das nicht auch auf dich zu, Ollin?«

Johns Blick heftete sich fest auf das Gesicht seines Zöglings. Ollins Blick flackerte. Er war kein Kind mehr, sondern ein junger Mann Mitte 20. Er hatte mehr gesehen und erlebt, als die meisten Menschen in ihrem ganzen Leben nicht. Er hatte gelitten und wieder gelitten, mehr Schmerz ertragen, als für einen Menschen gut war. Er hatte genug davon. Nie mehr würde ihm etwas oder jemand wehtun, ihm genommen werden, was er liebte.

Ollin sprang auf. Für einen Moment sah es aus, als wollte er sich auf den alten Mann stürzen, doch dann sackten seine Schultern nach unten und er ging ohne ein weiteres Wort hinaus in den Regen.

Als er alleine im Auto saß und den hektischen Bewegungen der Scheibenwischer zusah, die über die Scheibe huschten, ohne den Regen vertreiben zu können, schlug sein Herz noch immer heftig. Hinzu kam eine wachsende Panik. John wusste von seinem Plan, dessen war er sich jetzt ganz sicher. Ihm blieb keine Zeit mehr. Wenn er den Anschlag erfolgreich verüben wollte, dann musste es sofort geschehen. Vermutlich telefonierte John gerade in diesem Augenblick mit der Polizei, damit diese versuchten, ihn aufzuhalten. Er musste handeln, und zwar sofort!

Ohne länger darüber nachzudenken, ließ Ollin den Motor aufheulen und jagte über die regennassen Straßen in Richtung des Hafens, so schnell es der dichte Verkehr zuließ.

Eine halbe Stunde später parkte Johns Auto unauffällig am Straßenrand gegenüber des Landwirtschaftsministeriums. Männer mit Maschinengewehren und Brustpanzern sicherten das Gebäude so wie jedes andere Regierungsgebäude in der Stadt. Ihr Anblick ließ die inzwischen vertraute Wut in Ollin kurzzeitig wieder aufwallen, doch sie loderte nicht länger wie ein unkontrollierbares Feuer. Er hatte alle seine Emotionen abgestellt, als er mit der Sporttasche in der Hand das letzte Mal die Hütte unten am Fluss verlassen hatte, jene ärmliche Behausung, die einst sein Zuhause gewesen war. Ollin fühlte nichts mehr. Je näher er dem entscheidenden Moment kam, umso ruhiger wurde es in ihm. Eine tödliche Kälte breitete sich in ihm aus. Es gab nichts mehr zu sagen, zu denken oder zu fühlen. Jetzt galt es nur noch zu handeln, und zwar kühl und berechnend, wie ein Puma, der im Dickicht des Urwalds auf der Lauer lag.

Hinter Ollin, auf der Rückbank, lag eine Trainingstasche, in der ein rotes Licht aufleuchtete. Die Bombe war bereit. Er musste nur noch den Zünder verbinden und das Auto an den Sicherheitsleuten vorbei die Stufen hinauf in das Gebäude jagen, dann würde alles im Umkreis von zweihundert Meter in die Luft fliegen. Die Erschütterung würde man überall in der Stadt fühlen können.

In Johns Briefkasten hatte er, ohne das Wissen des alten Mannes, ein Bekennerschreiben platziert, das der Postmann morgen Vormittag mitnehmen würde. Sicherlich würde man die Spur bis zu John zurückverfolgen können, immerhin würde man ja auch seinen Wagen identifizieren, doch Ollin war sich absolut sicher, dass der alte Mann die Ordnungsbehörden schon von seiner Unschuld würde überzeugen können.

Ollin holte tief Luft und sah auf die Uhr. Es war viertel vor 12. Bald würden die ersten Mitarbeiter das Gebäude für ihre Mittagspause schon wieder verlassen, allerdings nahm er an, dass viele von ihnen aufgrund des Regens die Mittagspause lieber in ihren Büros verbringen würden. Er warf einen Blick nach hinten auf die Trainingstasche, dann zu der geladenen und entsicherten Waffe neben ihm auf dem Beifahrersitz. Mit ihr wollte er die Sicherheitsleute außer Gefecht setzen, bevor er in das Gebäude fuhr. Er hatte die Bombe so konzipiert, dass die Erschütterung den Zünder aktivieren und alles in die Luft jagen würde.

Trotz des schlechten Wetters harrten einige Demonstranten am Fuß der Treppe aus. Ihre Schilder waren bereits vom Regen durchweicht, ihre leuchtenden Regenmäntel boten ihnen kaum Schutz vor der allgegenwärtigen Nässe. Kurz empfand Ollin so etwas wie Mitleid mit ihnen, doch er wusste, dass er sich dieses Gefühl nicht leisten durfte. Ein Kriegszug wie seiner erforderte eben Opfer, auch Unschuldige, dass hatte er sich schon vor einer ganzen Weile klar gemacht. Dieser Job hier war nichts für scharfzüngige Moralisten oder für weichherzige Weltverbesserer. Er würde tun, was getan werden musste, er würde den Mächtigen dieser Stadt und des Landes einen empfindlichen Schlag versetzen, nachdem sie nie wieder ruhig schlafen würden.

Hatte John nicht von Gleichgewicht statt Gerechtigkeit gesprochen? Genau darum ging es, ein einzelner, gut platzierter Gegenschlag und das Kräfteverhältnis wäre wieder ausgeglichen.

Man würde rätseln darüber, ob er ein Einzeltäter oder Teil einer geheimen Untergrundorganisation sei, man würde sein Leben auf den Kopf stellen und feststellen, dass er eigentlich gar nicht existierte. Er war der Junge, der aus dem Dschungel kam. Es besaß weder eine Geburtsurkunde noch gab es einen Eintrag in das Taufregister. Seine Eltern und alle, die ihn kannten oder geliebt hatten, waren tot. Niemand konnte der Welt mehr erzählen, was für ein Mensch er gewesen war und weshalb so einer plötzlich zum Attentäter wurde.

Er stellte sich vor, wie sie versuchen würden, aus John Antworten herauszupressen und wie dieser sie mit seinem rhetorischen Geschick in der Luft zerreißen würde. Ein unerwarteter Schmerz regte sich in seiner Brust. In den letzten Monaten, vor allem seit der Trennung von Aline, war John so etwas wie eine Ersatzfamilie für ihn geworden. Er würde ihm fehlen, das erkannte er jetzt. Doch war das nicht absurd? Ging er gerade tatsächlich davon aus, dass es ein Leben nach dem Tod gab, einen Himmel für die Guten und eine Hölle für Leute wie ihn? In wenigen Augenblicken würde er zu einem Massenmörder werden, doch er war auch ein Opfer seines Schicksals. Wie Gott wohl dieses moralische Dilemma zu lösen gedachte?

Ollin stieß ein irres Lachen aus. Dann startete er den Motor.

Noch einmal blickte er durch den Regen hinaus auf die Straßen. Sogar jetzt drängten sich die Fahrzeuge dicht an dicht, standen die breithüftigen Indio-Frauen mit ihren bunten Kopftüchern an ihren Straßenständen und versuchten, ihre Ware mit Plastikplanen aus aufgeschnittenen Mülltüten vor der Feuchtigkeit zu schützen.

Sein Blick streifte einen kleinen, verängstigt aussehenden Jungen, der zwischen den Frauen stand und sich an einem ihrer Röcke festklammerte. Sein Gesicht war dreckverschmiert, doch seine großen, dunklen Augen waren so klar, dass Ollin für einen Moment glaubte, sie leuchteten. Der kleine Junge sah ihn direkt an, obwohl das aufgrund des Regens eigentlich nicht möglich war. Ollin blinzelte, doch der Junge sah ihn immer noch an. Etwas Fragendes lag in seinem Blick, eine unausgesprochene Bitte.

Ollin erstarrte. Wenn er das Auto jetzt in das Gebäude des Landwirtschaftsministeriums lenkte, dann würde auch dieser arme Junge sterben und nicht nur er, auch die übrigen Indio-Frauen hier auf der Straße und in den benachbarten Vierteln. Wie viele von ihnen würde er mit sich in den Tod reißen? Darüber hatte er zuvor schon nachgedacht, allerdings mehr in einer theoretischen Weise. Seine zukünftigen Opfer, die unschuldigen zumindest, hatten dabei keine Gesichter gehabt, waren namenlose Zahlen gewesen. Jetzt aber, da er den kleinen Jungen ansah, kam es ihm vor, als blickte er sich selbst in die Augen.

Was, wenn dieser Junge den Anschlag wie durch ein Wunder überlebte? Wenn seine Mutter und alle, die er liebte, dabei umkamen? Würde er dann nicht auch Ollin für einen Schlächter halten, für einen feigen Mörder, der aus Gründen Unschuldige umbrachte, die er niemals verstand? Würde er ihn, den Mörder seiner Familie, nicht mit den gleichen hasserfüllten Augen betrachten, mit denen Ollin die Mörder seines Dorfes ansah?

Und was, wenn dieser Junge in etwa 20 Jahren die gleiche Idee hatte wie Ollin, und noch mehr Menschen umbrachte, als er bei diesem Anschlag töten würde? Was, wenn das Morden, der Hass, die Vergeltung und das Leid niemals aufhörten, sondern zu einem ewigen Kreislauf wurden.

»Das sind sie längst«, murmelte Ollin und würgte den Motor wieder ab. Johns Worte kamen ihm in den Sinn, als er über Geschichte und woraus sie bestand, sprach. Plötzlich war es, als hätte jemand einen Schleier vor seinen Augen weggezogen. Er sah die Welt und all die Menschen nun, wie sie *wirklich* waren, und keine Zerrbilder, die seine Erinnerungen und Ängste heraufbeschworen.

Es gab keine Gerechtigkeit, wenn sie in Blutvergießen und neuem Leid bestand. Das hatte John damit gemeint, als er gesagt hatte, nur Liebe und Vergebung könnten das Morden beenden. Wenn er, Ollin, diesen Anschlag verübte, ganz gleich, wie viele korrupte und feige Mörder er damit mit in den Tod riss, dann war er nicht besser als die Menschen, an denen er sich zu rächen versuchte.

Wieso nur hatte er das die ganze Zeit nicht gesehen? War er so besessen gewesen von seinem Racheplan, dass er in den Wahnsinn abgedriftet war, ohne es zu merken? Mirthas hohlwangiges Gesicht mit den vor Irrsinn glänzenden Augen schob sich in seine Gedanken. War sein Wahnsinn nicht weit gefährlicher als ihrer? Hatte er wirklich als Mörder in die Geschichte eingehen wollen?

Ollin starrte auf seine Hände. Sie schienen nicht mehr zu ihm zu gehören. Es waren die Hände, die eine Bombe gebaut hatten, mit der er mehrere hundert Menschen in den Tod reißen würde. Was hatte er sich nur dabei gedacht?

Er wühlte in seinen Gedanken und Erinnerungen, doch alles, was in den letzten Wochen und Monaten geschehen war, war wie verschwommen oder teilweise auch ganz verschwunden, so als hätte jemand anderes sein Leben für ihn gelebt. Er konnte sich das nicht erklären.

Plötzlich stieg ihm Rauch in die Nase. Panisch drehte er den Kopf, weil er dachte, der Geruch käme von der Bombe, doch das war nicht der Fall. Dann hörte er das Summen der Moskitos und auf einmal befand er sich wieder im Regenwald, in dem kleinen Dorf seines Volkes, der Baniwa, an jenem Morgen, bevor die Mörder kamen. Er sah seine Geschwister vor sich, die Männer auf dem Fluss und seine Mutter. Sie lächelte ihm zu. Da wusste Ollin, was zu tun war.

Sanft strich der Wind über die Tabakpflanzen von *o pequeno paraíso*. Die vor drei Monaten eingepflanzten Setzlinge waren in die Höhe geschossen und viele ihrer Blätter waren inzwischen reif für die Ernte. Ollin und Marco gingen zwischen den Reihen der Tabakpflanzen und überprüften die Pflanzen auf reife Blätter, denn diese mussten sofort abgeerntet werden. Hinten am Haus kehrten zwei Arbeiter den großen Stall aus, indem die Blätter Platz zum Trocknen hatten. Ollin konnte es kaum erwarten, den Ertrag der ersten Ernte selbst zu testen. Mehr als ein halbes Jahr hatte es gedauert, das Anwesen und die umliegenden riesigen Besitztümer wieder einigermaßen in Stand zu setzen und noch immer gab es genug Arbeit für die kommenden zehn Jahre. Dann war die Regenzeit gekommen, während der sie die ersten Setzlinge in einem Gewächshaus gezogen hatten. Jetzt standen sie als prächtige Pflanzen vor ihnen. John hatte nicht zu viel versprochen: Der Boden hier war hervorragend, die Lage optimal. Ollin dachte an den Termin mit dem Werbefachmann, der gerade ein Logo für ihn entwickelte, das dann auf den fertigen Zigarren prangen würde.

Müde lenkte er seine Schritte zur Veranda. John saß in einem Schaukelstuhl, den Ollin für ihn hier draußen hingestellt hatte. In den letzten Monaten hatte der alte Mann stark abgebaut. Manchmal schien es Ollin fast, als ginge der Verfall seines Freundes mit dem Aufbau der Farm einher. Seine Augen waren geschlossen, wie so oft in letzter Zeit befand er sich irgendwo zwischen Wachen und Schlafen. Seine vom Alter gezeichneten Hände ruhten meistens in seinem Schoß. Eine Wolldecke bedeckte seine inzwischen spindeldürren Beine, die ihn kaum mehr trugen. Ollin wusste nicht, was ihm fehlte und er wagte auch nicht, ihn danach zu fragen, doch jeder konnte sehen, dass John nicht mehr lange zu leben hatte. Vielleicht hatte er auch einfach alles erledigt, was er sich in diesem Leben vorgenommen hatte, wer wusste das schon.

»Morgen werden wir mit der Ernte beginnen«, verkündete Ollin, als er John seine Hand auf die Schulter legte. Der alte Mann zuckte zusammen, dann aber wurde sein Gesicht weich und seine Augen leuchteten, als er die Lider öffnete.

»Dann werden wir hier abends sitzen, den Sonnenuntergang anschauen und unsere eigenen Zigarren rauchen«, jubelte Ollin und klatschte vor Freude in die Hände. John lächelte.

»Schick die Arbeiter jetzt nach Hause«, sagte er mit krächzender Stimme. »Ihre Familien warten auf sie und die nächsten Tage werden hart.«

Ollin nickte und wollte gerade zu Marco gehen, damit er die Arbeiter darüber informierte, als John ihn zurückhielt.

»Es gibt noch etwas, das du tun musst«, sagte er. Ollin runzelte die Stirn. »Wovon sprichst du?«

»Es gibt Dinge, die du schnell verschwinden lassen musst, damit niemand sie je wieder verwenden kann.« Er wies mit dem Kinn auf die große schwarze Sporttasche, die unter dem Tisch stand. Ollin erschrak. Wo hatte John sie gefunden? Er hatte die Bombe damals deaktiviert, die Zünder und Kabel getrennt, doch noch immer befanden sich Sprengstoff, Chemikalien und die Waffe in der Tasche. Seither quälte ihn hin und wieder der Gedanke, dass er das Zeug irgendwo wieder loswerden musste, doch es zu verkaufen, hätte bedeutet, dass andere Menschen es benutzen würden, um zu töten und Anschläge zu verüben. Die viele Arbeit der letzten Wochen und Monate hatte ihn von diesem Problem abgelenkt, doch er wusste, dass er ihm nicht länger ausweichen konnte. Der alte John hatte Recht. Er musste die Sachen schnell verschwinden lassen, und zwar so, dass sie nie mehr jemandem schaden konnten.

John schien seine Gedanken gelesen zu haben. Die Augen des alten Mannes waren groß und klar wie zwei Waldseen. Fast schien es Ollin, als blickte er durch sie bereits in eine andere Welt.

»Nimm den Weg, der hinter der Scheune in den Wald führt. Folge ihm, bis du an den alten Steinbruch gelangst. Dort findest du eine Höhle. Geh so tief hinein, wie du kannst, dann lass die Tasche dort, kehre um und verschließe den Eingang. Erst dann, Ollin, wirst du endgültig frei sein.«

Ollin nickte langsam. Er griff nach der Tasche und John zog eine Taschenlampe unter seinem Stuhl hervor. Sie wechselten einen Blick, der mehr sagte als tausend Worte, dann ging Ollin auf die Scheune zu. Seine Schritte waren fest, seine Schultern aufrecht und sein Herz war so leicht, wie noch nie zuvor. Endlich war er an dem Ort angekommen, an dem die Schatten, und was auch immer in ihnen lauern mochte, keine Gewalt mehr über ihn hatte.

Hinter ihm tat der alte Mann seinen letzten von vielen Atemzügen, schlief ein, mit offenen Augen, um in einer anderen Welt wieder zu erwachen.